FRIEDERIKE SCHMÖE

Osterläuten

DAS LETZTE, WAS ICH TUE. Mia freut sich auf Ostern. Besonders das Glockenläuten in der Osternacht liebt sie sehr. Doch ihre Freude wird jäh getrübt: Als Waldarbeiter einen weiblichen Schädel finden und Forensiker das Aussehen der toten Frau rekonstruieren, trifft sie die Erkenntnis wie ein Schlag. Die Tote ist ihre beste Freundin Monika, die vor 11 Jahren spurlos verschwand. Schnell ist klar, dass sie ermordet wurde. Zusammen mit Monikas Mann André will Mia herausfinden, wer einen Grund hatte, sie zu töten. Die Spur führt schnell zu Monikas früherer Clique, zu der auch Mias Eltern gehörten. Aus deren Dunstkreis ist Jahre zuvor bereits einmal ein junges Mädchen verschwunden. Mia vermutet einen Zusammenhang. Doch mit ihren Nachforschungen wirbelt sie Staub auf und als sie feststellt, dass der Mörder all die Jahre unbemerkt ganz in der Nähe lebte, überschlagen sich die Ereignisse. In der Osternacht muss Mia eine folgenschwere Entscheidung treffen …

Geboren und aufgewachsen in Coburg, wurde Friederike Schmöe früh zur Büchernärrin – eine Leidenschaft, der die Universitätsdozentin heute beruflich nachgeht. In ihrer Schreibwerkstatt in der Weltkulturerbestadt Bamberg verfasst sie seit 2000 Kriminalromane und Kurzgeschichten, gibt Kreativitätskurse für Kinder und Erwachsene und veranstaltet Literaturevents, auf denen sie in Begleitung von Musikern aus ihren Werken liest. Ihr literarisches Universum umfasst unter anderem die Krimireihen um die Bamberger Privatdetektivin Katinka Palfy und die Münchner Ghostwriterin Kea Laverde.

Alle Bücher von Frau Schmöe im Gmeiner-Verlag finden Sie bei uns im Internet.

FRIEDERIKE SCHMÖE

Osterläuten

KRIMINALROMAN

GMEINER

Personen und Handlung sind frei erfunden.
Ähnlichkeiten mit lebenden oder toten Personen
sind rein zufällig und nicht beabsichtigt.

Die automatisierte Analyse des Werkes, um daraus Informationen
insbesondere über Muster, Trends und Korrelationen gemäß § 44b UrhG
(»Text und Data Mining«) zu gewinnen, ist untersagt.

Immer informiert

Spannung pur – mit unserem Newsletter informieren wir Sie
regelmäßig über Wissenswertes aus unserer Bücherwelt.

Gefällt mir!

Facebook: @Gmeiner.Verlag
Instagram: @gmeinerverlag

Besuchen Sie uns im Internet:
www.gmeiner-verlag.de

Besuchen Sie uns im Internet:
www.gmeiner-verlag.de

© 2021 – Gmeiner-Verlag GmbH
Im Ehnried 5, 88605 Meßkirch
Telefon 07575 / 2095-0
info@gmeiner-verlag.de
Alle Rechte vorbehalten
4. Auflage 2024

Lektorat: Claudia Senghaas, Kirchardt
Herstellung: Mirjam Hecht
Umschlaggestaltung: U.O.R.G. Lutz Eberle, Stuttgart
unter Verwendung eines Fotos von: © manfredxy / shutterstock.com
Druck: Custom Printing Warschau
Printed in Poland
ISBN 978-3-8392-2849-4

Ostern besagt, dass man die Wahrheit ins Grab legen kann, dass sie aber nicht darin bleibt.

Clarence W. Hull

PROLOG

Sie rannte. Ihre Füße hämmerten auf den Asphalt.

Er war nicht so fit wie sie, besaß aber eindeutig die längeren Beine. Sie hielt nach rechts, überquerte den menschenleeren Parkplatz. Nur eine einzige Laterne verstreute ihr gelbliches Licht, das ab und zu flackernd erlosch, um kurz darauf wieder aufzuleuchten. Sie lief in den Wald.

Hatte er ihren Kurswechsel mitbekommen?

Der Waldweg war uneben und matschig, voller Wurzeln. Wenn sie stürzte, wäre das ihr Todesurteil. Er würde nicht zögern, sie umzubringen. So wie er anscheinend nie gezögert hatte, wenn es eng wurde für ihn.

Tatsächlich kannte er sich mit einsamen Stellen in Wäldern aus.

Stockfinster hockte die Nacht über ihr, vor ihr, neben ihr. Sie hörte seinen Atem hinter sich.

»Warte doch!« Seine Stimme, brutal nah.

Alles, nur das nicht. Der Weg machte eine Biegung. Zweige schlugen ihr ins Gesicht. Sie duckte sich. Weiter!

Er besaß mehr Kondition, als sie gedacht hatte. Sie strauchelte. Fing sich. Rannte.

Hinter sich hörte sie einen Schmerzensschrei. Der Wald lichtete sich. Ausgerechnet jetzt gaben die Wolken den Mond frei. Silbern schien er auf die Lichtung, zwei

Bänke standen da, eine morsche Holzfigur. Rechts lag der steile Hang, der rettende Weg zurück in die Stadt. Quer über die Wiese, sie lief, stolperte, stürzte, rollte sich ab, stechender Schmerz im Knie, sie kullerte zehn, 20 Meter die Steigung hinunter. Rappelte sich auf. Das Knie!

Er war da. Irgendwo, nahe. Sie konnte seine Anwesenheit spüren. Flog beinahe über die Wiese, bis sie wieder einen Weg erreichte.

Kein Mond mehr, alles still und dunkel. Keine Schritte hinter ihr. Sie keuchte, fiel in einen langsamen Trab. Wo war er? Er würde nicht aufgeben. Nicht jetzt. Wo es um alles für ihn ging. Ihre Lungen schmerzten. Der Weg war steinig, auf dem Kies geriet sie ins Rutschen, rechts gurgelte ein Bach.

Und weit unten, in der Stadt, begann eine Glocke zu läuten.

Eine Hand berührte sie an der Schulter.

»Warte!«

Sie roch seinen säuerlichen Atem, hörte, wie er nach Luft rang. Sein Griff war fest, die Finger krallten sich in ihre Jacke.

»Nein!« Sie riss sich los. Rannte. Das schmerzende Knie gab kurz nach. Sie lief, nicht hier sterben, in der Einsamkeit.

»Jetzt warte doch!« Irgendwie musste er Kraft gesammelt haben, kam wieder näher. Griff nach ihrer Jacke. Sie ließ sie von den Schultern gleiten, nutzte den Moment der Überraschung, als er stehen blieb, verblüfft. Ein Vorsprung, knapp.

»Lass mich!«, schrie sie. Unnötigerweise, sie brauchte all ihren Atem, aber sie schrie um Hilfe, hörte ihre eigene

Stimme, dann seine, seine Schritte auf dem Kies, sie rutschte aus, fing sich, rannte.

Sie würde es nicht schaffen. Er hatte zu viel zu verlieren. Er würde nicht lockerlassen. Er hatte Kraft. Mehr als sie. Er würde sie einholen.

Aber ich habe auch was zu verlieren! Mein Leben!

5 TAGE VORHER – MONTAG DER KARWOCHE

1.

Es war zu dunkel, um viel zu erkennen. Die Straßenlaterne an der Ecke war immer noch ausgefallen. Irgendwo kläffte ein Hund, und ein Lkw donnerte in der Ferne über den Berliner Ring. Ein Windstoß drückte gegen das Fenster. In der Nachbarschaft mühte sich jemand mit dem widerwilligen Motor eines Motorrades ab. Schließlich gab er auf. Die Nacht, die eben von ein paar harmlosen Sounds aufgescheucht worden war, sackte zurück, legte sich über die Straße.

Rein wettermäßig von Ostern keine Spur.

Die Stille schmerzte. Mia lehnte die Stirn gegen die

eiskalte Scheibe. Die Heizung würde sich frühestens um 6 Uhr einschalten. Sie wollte keinen Frühling. Die dunklen Wintertage vermittelten ihr die Geborgenheit, die sie brauchte.

Seufzend schlurfte Mia in die Küche. Das Tablet lag noch auf dem Tisch. Eine Rotweinlache hatte sich daneben ausgebreitet. Sie stellte das Radio an, suchte den Lappen, fand ihn im schmutzigen Abwaschwasser. Rasch wischte sie den Tisch sauber und aktivierte den Browser. Im Radio lief Schumann, die Auslaufrille des Nachtprogramms.

In ihrem Feed waren die neuesten Nachrichten aufgelaufen. Sie hatte alle möglichen Seiten abonniert und scannte in der Regel sämtliche Meldungen gewissenhaft, bevor sie diejenigen auswählte, die sie genauer lesen wollte. Meistens blieb sie bei Neuigkeiten zu Theater, Kinofilmen, Büchern und Ausstellungen hängen. Politik ließ sie nur wohldosiert an sich heran, Regionales mied sie beinahe ganz.

Dies nicht:

Schädelfund bei Tiefenellern.

Mia vergrößerte den Artikel.

Anfang April fanden Waldarbeiter einen skelettierten weiblichen Schädel im Wald bei Tiefenellern. Mittlerweile haben Forensiker mit Hilfe der Weichteilrekonstruktion das Aussehen der Frau am Computer generiert. Gesucht werden nun Zeugen: Wer kennt die Frau, die seit etwa zehn Jahren tot ist und zum Zeitpunkt ihres Todes zwischen 30 und 40 Jahren alt war? Die Gesichtssimulation wurde absichtlich ohne Haare angefertigt, um nicht von den individuellen Zügen der Frau abzulenken. Bitte bedenken Sie, dass das Gesicht auch hagerer oder fülli-

ger sein könnte. Weitere menschliche Knochen wurden nicht gefunden. Sachdienliche Hinweise ...

Mia blinzelte. Sie klickte auf das Gesicht. Es sah aus wie eine Bleistiftzeichnung, irgendwie unfertig. Augen, Nase, Mund, Kinn, Halsansatz. Keine Haare.

Sie zoomte den Ausschnitt.

Ihr Herz schlug schneller. Sie rieb sich die Wangen, stand auf, goss Wasser in ein Glas. Trank.

Griff nach dem Handy und tippte Andrés Nummer.

Natürlich ging er nicht ran.

Sie drückte die rote Taste und wählte sofort wieder. Starrte durch das Fenster, in dem sie sich spiegelte, im bläulichen Licht des Tablets.

»Was ist denn!«, meldete er sich endlich.

»André? Ich bin's, Mia.«

»Bist du verrückt? Weißt du, wann ich gestern ins Bett kam? Nicht gestern. Heute. Vor einer halben Stunde ungefähr.« Seine Stimme klang missmutig und alarmiert, beides zugleich.

»Hör mir zu, André: Ich schicke dir jetzt einen Link auf dein Handy. Versprich mir, dass du den gleich anklickst. Sofort, ja?«

»Ich surfe nie im Internet, und wenn, dann sicher nicht morgens um 5 Uhr.«

Wie zur Bestätigung der unchristlichen Uhrzeit ertönte in Mias Radio der Nachrichtenjingle.

»Bitte. Sieh. Dir. Diesen. Artikel. An.«

Sie legte auf. Griff nach dem Tablet und klickte auf »Teilen«.

Ging zum Fenster. Ein wenig Licht sickerte durch das Schwarz am Himmel.

Immerhin, wir haben April.

Direkt unter ihr startete jemand ein Auto und fuhr davon. Jemand, der zur Arbeit musste. Der eine Aufgabe hatte, mit der er den Tag füllen konnte. Womöglich ein ungeliebter Job, aber zumindest irgendeine Art von Sinn.

Mia stöhnte leise. Die Unentschlossenheit. Die Ängste. Die vielen Reisen, Fluchtwege durch die Welt, teuer bezahlt, und doch landete sie immer wieder bei sich selbst. In ihren eigenen Grenzen, die sich jeden Tag enger um sie schnürten. Unruhig setzte sie sich wieder vor das Tablet. Starrte das haarlose Gesicht an. Speicherte den Link ab.

Seit etwa zehn Jahren tot.

Verdammt. Zehn Jahre.

Zwischen 30 und 40 Jahre alt.

Kommt hin.

Das kommt verflucht noch mal hin.

2.

Sie konnte nicht auf Andrés Rückruf warten. Mia hastete ins Schlafzimmer, wühlte in den Kartons nach einem frischen Shirt, zog sich an. Sie wohnte seit fünf Monaten in dieser winzigen Wohnung im Bamberger Osten. Immer noch steckten ihre Anziehsachen in den Umzugskisten. Pro forma hatte sie im Netz nach einem günstigen Schrank gesucht. Ohne sich je für einen zu entscheiden. Worin sie ihre Klamotten aufbewahrte, war ihr herzlich egal.

Wie das meiste.

Schnell war sie zur Tür draußen.

Die kalte Luft wischte den letzten Rest von Müdigkeit weg, während sie in die Innenstadt radelte. Allmählich erwachte der Tag. Schwarz hoben sich die Doppeltürme der Gangolfskirche gegen den rötlichen Himmel ab. Hinter Andrés Fenstern brannte Licht. Sie drückte auf die Klingel.

»Mia?« Er trug einen Wollpulli mit Reißverschluss, Jeans und Crocs und ein bemüht freundliches Lächeln im Gesicht.

»Ich musste kommen.«

Damit du nicht wieder anfängst mit: du weißt schon, was.

Ihre Stimme zitterte, als sie hinzufügte: »Hast du das Phantombild gesehen?«

»Es ist ... grauenvoll.«

Er ging ihr voraus in die Küche. In einem Glas schimmerte eine bernsteinfarbene Flüssigkeit.

»Nein, André! Du machst das nicht.«

»Der Schock. Mein Gott. So ein Schock.« Er griff nach dem Glas.

Sie nahm es ihm weg und trank die zwei Finger breit in einem Zug aus.

Die Verzweiflung. Die Panikattacken. Die Vernehmungen. Der Kampf gegen das eigene Gedächtnis. Die Angriffe der Medien. Der Alkohol. Alles kehrte zurück wie eine Meereswoge, die sie unter sich begrub.

»Ach. Du darfst?« Er stemmte die Hände in die Hüften. Nach Monikas Verschwinden hatte er zuerst abgenommen, aber mittlerweile wieder zugelegt. Mia war froh drum. Sie musste an den Spruch denken, wonach man niemals einem knochigen Koch trauen sollte.

Sie stellte das Glas ab.

»Für dich ist also der Brandy genau das passende Frühstück, wie?« André ließ nicht locker.

Schwindelig vom Alkohol, zog Mia sich einen Stuhl heran. Essensreste standen auf dem Tisch, der Boden war seit Wochen nicht gewischt worden. Resigniert ließ André sich ebenfalls auf einen Stuhl fallen.

»Ich hätte das Restaurant verkaufen sollen, als sie mich darum bat. Unsere Arbeitszeiten waren zu unterschiedlich. Wir haben uns praktisch nicht mehr gesehen.«

»Das Restaurant war dein Leben.«

»Nein. Mein Leben war Monika.«

Er war abgestürzt. Nach Monika. Hatte das Lokal aufgegeben und arbeitete heute in einer Kantine. Was er verdiente, reichte für die winzige Erdgeschosswohnung, in die nie ein Lichtschimmer drang. Er hatte keine Ambitionen mehr, keine Pläne, keine Wünsche. Außer dem einen: durchzuhalten, der Schlaflosigkeit Paroli zu bieten. Von der Straße drangen die Geräusche des allmählich anschwellenden morgendlichen Verkehrs herein.

Mia sah, dass André geweint hatte. Seine Augen waren

gerötet, die weichen Gesichtszüge umschattet. Damals hatten sie gegenseitig ihre Krisen kennengelernt. Sich in allem gestützt.

Ich war zu jung. Ich war erst 18.

»Warum ist ihr Kopf in dem Wald? Warum nur der Kopf? Und da oben am Ellerberg, meine Güte. Warum hätte sie dorthin fahren sollen? Oh mein Gott.«

Sie sahen einander an. Seinerzeit hatten sie sich die Köpfe zermartert, versucht, sich an etwas zu erinnern, an einen kleinen Baustein nur, der den Gedankengebäuden, die die Polizei um sie herum errichtete, irgendetwas Sinnhaftes hinzuzufügen hätte. Vergebens. Es gab nichts, an das sie sich zu erinnern vermochten, denn Monika hatte nie etwas erzählt.

»Wo war noch mal dieser Wanderparkplatz?«, fragte Mia, als ihr die Stille zu tief und zu gefährlich wurde.

André stand auf und schlurfte aus der Küche. Sie hörte ihn mit Schranktüren klappern und Schubladen auf- und zuziehen. Schließlich kam er wieder, eine Landkarte in der Hand.

»Räum mal den Kram da weg.«

Mia kannte die Karte. Sie hatten sie gemeinsam mit Markierungen versehen, immer wieder neu, immer wieder aktuell, wobei es nichts zu aktualisieren gab. Alles nur Aktivismus, nur Vermutungen, nur ausgebrütete Geschichten. Wie der Plot für einen Film, der nicht von der Stelle kam. Mia stellte die Essensreste und das Brandyglas weg. »Zeig.«

Er breitete die Karte aus.

»Hier. Der Wanderparkplatz in der Fränkischen Schweiz. Im Aufseßtal. Da hat sie das Auto abgestellt.«

Mia starrte auf den Fingernagel mit dem Trauerrand. »Sie selbst. Oder jemand.«

»Jemand. Richtig. Irgendwer.« Sein Zeigefinger fuhr über die Karte. Wald. Höhenlinien. »Und dort …«

Der Kopf. Dort lag ihr Kopf. Mia spürte Brechreiz. »Das sind 30, 40 Kilometer.«

Sie sahen einander an.

»Was meinst du, wie lange hat er da gelegen?«, fragte André. »Der Schädel, meine ich.«

Sie zuckte die Achseln. »Ich weiß nicht.« Tränen kullerten aus ihren Augen. Sie wischte sie weg.

»Hast du Hunger?«

»Nach dem Brandy …«

»Macht Appetit. Ich weiß.« Er ging zum Kühlschrank. »Croque Monsieur?«

»Hm.«

Er schaltete den kleinen Grill an und ging zum Kühlschrank. Verquirlte Ei. Tunkte die Brotscheiben hinein. Belegte sie mit Emmentaler und Kochschinken.

»Béchamel?«

»Bitte!«

Er nickte, als habe er Mia ganz richtig eingeschätzt, kleckste Béchamelsoße auf die Sandwiches, deckte sie mit einer weiteren Toastscheibe zu und packte sie in den Grill.

»Kaffee?«

»Schwarz.«

Er mahlte Bohnen. Goss Kaffee auf. Obwohl Mia ahnte, dass er sich allzu oft gehen ließ, achtete er auf hochwertige Zutaten und sorgfältige Zubereitung. Mit Essen hudeln, das hatte er nicht einmal damals getan. Als Monika verschwand. Mit ihrem Auto. Als man das

Auto an dem besagten Wanderparkplatz fand. Und keine Spur von ihr. Seit elf Jahren. Als habe es sie nie gegeben.

Und jetzt ein Schädel. Ein Phantombild ohne Haare. Ein wenig zu füllig gezeichnet, Monika war zierlich gewesen.

Keine anderen menschlichen Überreste. Zumindest nicht an dieser Stelle im Wald. Aber irgendwo musste doch der Rest sein.

Der Kaffeeduft belebte Mias Sinne. André stellte ihr eine Tasse hin.

»Danke!« Sie sog tief das Aroma ein. »Deine üblichen Keniabohnen?«

Er nickte. »Also. Wieso ist da der Kopf? Und sonst nichts?«

Rasch trank Mia einen Schluck Kaffee und verbrühte sich die Lippen. »Vielleicht war ein durchgeknallter Schädelsammler am Werk?«

»Wenn einer sammelt, ist der Schädel ja nicht im Wald, sondern bei dem Typen zu Hause.«

Sie drehten sich schon jetzt im Kreis. Monika war weggefahren, am Nachmittag des 11. April 2008, um welche Uhrzeit genau, hatte man nicht feststellen können, und genauso wenig, was ihr Ziel gewesen war. Fest stand nur, dass sie sich zuvor im Büro freigenommen hatte. Nur für diesen einen Nachmittag.

»Sie hatte was vor. Aber was? Keine ihrer Freundinnen hatte die leiseste Ahnung, und den Arbeitskollegen hat sie auch nichts gesagt.«

Sie hatten fantasiert. Mia und André. Vielleicht ein Arzttermin mit einer ungünstigen Diagnose, die sie erschüttert hatte? Doch bei keinem ihrer Ärzte hatte

Monika für jenen Nachmittag einen Termin gehabt. Auch keiner der vielen anderen Erklärungsversuche – eine Affäre, eine neue Freundschaft – brachte irgendetwas über Monikas Verbleib ans Licht.

»Ich will den Schädel sehen«, sagte André.

»Mach das nicht.«

»Wieso denn nicht? Sie war meine Frau. Und jetzt kann ich sie endlich für tot erklären lassen. Damit sie ihren Frieden hat.«

Er nahm die Toasts aus dem Grill und servierte sie. Mit einer gelben Papierserviette.

»Stilvoll geht die Welt zugrunde«, murmelte er.

Zugrunde gegangen ist sie schon, dachte Mia. Hat sich aufgelöst in diffuse Schatten, zusammen mit Monika.

3.

Es regnete leicht, als Mia sich aufs Rad schwang und Richtung Berggebiet fuhr. Sie trat kräftig in die Pedale.

Ihre Eltern würden in einer guten halben Stunde zur Praxis aufbrechen, da blieb noch Zeit für ein kurzes

Gespräch. Keinesfalls wollte sie ihnen die Neuigkeit am Telefon zumuten. Und vielleicht, hoffte sie irgendwo tief drin, hatten sie und André sich getäuscht. Womöglich war es nicht Monika. Sondern eine Frau, die ihr ähnlich sah. So etwas gab es.

Ihr Handy klingelte, als sie einem Taxi auswich, das knapp vor ihr nach rechts in die Lange Straße einbog. Sie geriet ins Schlingern.

»Idiot!«

Eine Frau, die Monika dermaßen ähnlich sah und genauso wie sie verschwunden war? Wer sollte das sein?

Das Klingeln brach ab, um gleich darauf wieder loszulegen. Mia rollte mit dem Verkehr mit. Er schwoll jeden Tag zwischen 7.30 und 8 Uhr an, lärmte, beschwor Abgaswolken hervor, verquirlte sie mit Hektik und Stress und löste sich dann in nichts auf. Zwar begannen heute die Osterferien, dennoch herrschte das übliche Chaos. Endlich verstummte der Klingelton.

Sie strampelte den Kaulberg hoch. Der Schweiß rann ihr den Rücken hinunter. In der Morgenkälte fühlten sich ihre Hände ganz taub an.

Ich hätte Handschuhe mitnehmen sollen.

Als sie das Rad vor dem Gartentor ihrer Eltern an den Zaun lehnte, klingelte das Handy erneut.

Sie kramte es aus der Tasche. »Hallo?«

»Morgen, mein Name ist Lars. Sie hatten sich für den Schrank interessiert?«

Die Kleinanzeige im Internet! Die hatte sie völlig vergessen.

»Ja, das stimmt.«

»Könnten Sie die Tage vorbeikommen? Es haben sich noch andere gemeldet.«

Alter Trick. Hochdruckverkauf. Aber sie brauchte endlich einen Schrank.

»Wann hätten Sie Zeit?«

»Heute muss ich um halb neun bei einer Haushaltsauflösung sein. Wird länger dauern. Geht es morgen? Am Nachmittag? Ich wohne in der Pödeldorfer Straße.«

»Okay.«

Mia legte auf.

Wie kommt es, dass ich mich um einen Schrank kümmere, wenn ich zugleich …

Sie klingelte. Das angelaufene Messingschild hing hier seit Jahr und Tag. »Wagner«. Schlicht und einfach. Keine Vornamen. Kein »Familie«. Nur »Wagner«. Rasch warf Mia einen Blick auf das Nachbargrundstück. Hier hatten Monika und André gewohnt. Ein Jahr lang. Bis Monika mit dem Auto fortfuhr und nicht wiederkam. Danach hatte André es in dieser Wohnidylle nicht mehr ausgehalten.

Der Türöffner summte. Mia drückte das Tor auf und spazierte zum Haus hoch. Ihre Mutter lehnte in der Tür.

»Hi, Mama.«

»So früh schon unterwegs?«

Klar, ich bin schlaflos. Ich gehöre zu denen, die noch früher auf sein könnten. Wie früh, das kannst du dir gar nicht vorstellen.

»Sieht so aus.«

»Wir frühstücken gerade. Magst du einen Kaffee?«

Simone Wagner ging auf die 60 zu, und man sah es ihr an. Das Make-up verbarg kaum die vielen Fältchen rund um die schmalen Lippen. Sie wirkte immer ein wenig gehetzt, als könne sie einfach nicht Schritt halten mit ihrem Leben. Ihr gertenschlanker Körper steckte in einem dunkelblauen Hosenanzug.

»Gern.«

Mia kickte die Boots von den Füßen und folgte ihrer Mutter in die offene Küche.

»Hallo, Papa!«

»Sei mir gegrüßt, Sonnenschein. Was macht die Kunst?«

Mia ersparte sich eine Antwort und setzte sich.

»Hast du auf deine Bewerbungen hin was gehört?«, fragte Simone Wagner.

»Nein, leider nicht.«

Danke, dass du mich mal wieder verunsicherst.

»Habt ihr heute schon ins Internet geguckt?«

»So früh am Morgen?« Carsten Wagner stand auf und küsste seine Tochter auf die Wange. Obwohl ein Jahr älter als seine Frau, wirkte er jugendlicher. Einer, der gern mal ein Glas Wein trank und ein großes Schnitzel vertilgte. Der oft wandern ging und mit ein paar Freunden regelmäßig Volleyball spielte.

Mia zog ihr Handy hervor. »Hier.« Sie klickte im Browser auf »Synchronisieren«. Wenige Sekunden später baute sich das haarlose Gesicht auf.

Carsten Wagner nahm Mia das Telefon ab, fischte seine Lesebrille aus der Hemdtasche. »Ach du lieber Himmel. Kann das wahr sein?«

Mia zuckte die Achseln.

»Simone? Schau dir das mal an!«

Simone Wagner trug gerade eine Kanne Kaffee und eine Tasse für Mia herein. »Bediene dich, Mia. Was ist?«

Beim Blick auf ihren fassungslosen Ehemann nahm sie alarmiert das Handy.

»Sie ist es, oder?«, fragte Carsten Wagner.

»Was soll das bedeuten? Was heißt das? Mia?« Simone ließ das Handy sinken.

»Jemand hat im Wald bei Tiefenellern einen skelettierten menschlichen Schädel gefunden, daraufhin hat die Polizei mit Hilfe einer Weichteilrekonstruktion diese Zeichnung generiert.«

Simone und Carsten sahen einander an.

»Monika«, seufzte Carsten schließlich. »Mein Gott!«

Er goss sich Kaffee ein. »Mia, du auch?«

»Ich war eben bei André.« Mia schob ihm ihre Tasse hin.

Ihre Mutter schüttelte den Kopf. »Ich verstehe das nicht. Nur ein Schädel? Und was hat Monika dort im Wald gemacht? Ich dachte, das Auto war irgendwo im Aufseßtal.«

»Entscheidend ist im Moment nur, dass es Monika ist.« Mia trank ihren Kaffee.

»Entschuldigt. Ich … das muss ich erst mal verdauen.« Simone hastete aus dem Zimmer.

Ich habe mich nicht getäuscht. Es ist Monika.

Monika und André Böhme, langjährige Freunde der Wagners und dann sogar deren Nachbarn. Für ein Jahr, ehe alles zerbrach. Ein Jahr, in dem Mia und Monika zusammenfanden. Monika, die mütterliche Freundin und Ratgeberin. Mia, die Tochter, die Monika sich wünschte. Monika war 16 Jahre älter als Mia, aber in vielerlei Hinsicht tickten sie ähnlich. Sie teilten Interessen, verstanden einander ohne viele Worte.

Mia stand auf, ging zum Fenster. Blickte auf das Nachbarhaus. Auf die Pergola, die mittlerweile komplett umwachsen war. Die Kletterpflanzen hatte André gesetzt.

Ein Jahr nach Monikas Verschwinden war er ausgezogen. Nachdem er seinen Job aufgegeben hatte, war ihm das Haus zu teuer gewesen. Und es erinnerte ihn zu sehr an die gemeinsamen Träume. Die er nie mehr verwirklichen würde.

Im selben Jahr war Mia zum Studium weggezogen.

»Wer wohnt jetzt eigentlich dort?«

»Das Haus hat eine Hallstadter Firma gekauft und stellt es ausländischen Mitarbeitern zur Verfügung«, sagte Carsten. »Bis Neujahr wohnte ein Paar mit zwei kleinen Jungs dort. Die sind inzwischen wieder in Alabama.«

»Es steht leer?«

»Im Moment schon.« Er trat neben seine Tochter.

Sie roch sein Aftershave. Der Zahnarzt. Der sich makellos gekleidet und gepflegt über seine Patienten beugte. Der Mann, der immer einen Weg wusste. Halb erwartete sie, dass er sie auf ihre berufliche Planlosigkeit hinweisen würde. Stattdessen sagte er: »Und jetzt?«

»André wird zur Polizei gehen.«

Ihr Vater drückte sie kurz an sich. Mia schloss die Augen.

Sag mir, dass das alles nicht wahr ist. Oder bring mich weg von hier.

»Wir müssen in die Praxis. Wenn du willst, trink in Ruhe aus. Um 9 Uhr kommt Frau Röder zum Aufräumen.«

»Geht klar.«

»Bis die Tage.«

4.

Jemand hatte den Garten in all den Jahren gepflegt. Die Sträucher zurückgeschnitten, die Beete in Schuss gehalten. Hie und da spitzten Krokusse aus dem Rasen, und der Weißdorn in der Hecke bildete erste grüne Blättchen aus. Der Regen hatte aufgehört, der Himmel riss ein Stück auf. Mia schritt langsam durch den Garten. Unter ihren Boots schmatzte der Boden. Vor der Pergola standen große Terrakottatöpfe, in denen Reste von Tomatenpflanzen kompostierten.

Sie war nie wieder hier gewesen, seit André ausgezogen war. Das Studium hatte sie abgelenkt, Bamberg lag seinerzeit in weiter Ferne. Dann war sie zurückgekehrt. Wahrscheinlich, weil jeder irgendwann zurückkehrte und die Konfrontation mit irgendetwas suchte. Und wenn es nur die Konfrontation mit der Wirklichkeit war, dass sie keinen Job fand mit ihrem Abschluss. Jedenfalls nicht so schnell und nicht so leicht, wie sie es sich erhofft hatte.

Damals, zu Ostern, hatte Monika die Sträucher mit selbst bemalten Ostereiern geschmückt. Einen Strauch mit gelben, einen mit blauen. Sie hatte Spaß daran gehabt. Eine Macherin, die andere an ihrer Kreativität gern teilhaben ließ.

Mia blieb stehen. Die Fenster sahen sauber aus, als hätte jemand sie gerade erst geputzt. Bestimmt würde das Haus nicht allzu lange leerstehen. Nicht in der Lage. Sie trat in die Pergola. Stühle und Tisch duckten sich unter einer Plastikfolie. Bald würde man wieder draußen sitzen können. Wie damals, in jenem Sommer, als Mia und Monika beratschlagt hatten. Was soll ich studieren?, war Mias drängendste Frage gewesen. Sie hatte so viele Interessen. Jede Entscheidung für ein Studienfach bedeutete eine Entscheidung gegen ein anderes.

Eine Hummel surrte durch die Luft.

So früh im Jahr?

»Aber es ist doch bald Ostern«, hörte Mia eine Stimme.

Sie fuhr herum. Da war niemand. Das Haus lag leer und still. Kein Lebenszeichen.

Mias Herz hämmerte. Es tat ihr nicht gut, hier zu sein. Monika war tot. Das bewies der Schädel. Sie und André hatten eine Aufgabe vor sich: herauszufinden, was mit Monika geschehen war.

Jemand hatte sie umgebracht. Suizid kam einfach nicht infrage. Monika Böhme war ein lebensbejahender, offener, praktischer Mensch gewesen. Sie und André hatten Träume und Pläne: Dieses Haus, anschließend eine Familie, möglichst zwei Kinder, ein Hund. Das hatte Monika oft gesagt und dabei herzlich gelacht. Weil der Hund unbedingt zu dem Bild einer perfekten Familie dazugehörte. Genauso wie das Haus mit Garten.

Auch im Job gab es keine Probleme. Als Monika verschwand, hatte sie längst eine Festanstellung in einem großen Architekturbüro. Eine kluge, ehrgeizige Frau, die ihr Job mit Freude erfüllte.

Nein. Sie hatte sich nicht umgebracht. Sie war getötet worden, und der Mörder lief seit elf Jahren da draußen in der Welt herum, ohne je belangt worden zu sein. Ein Mensch, den niemand als Täter in Betracht gezogen hatte.

Und Monika Böhme bestand nur noch aus einer Datenspur in der Vermisstenkartei der Polizei.

Ich muss herausfinden, was passiert ist. Wenigstens das.

Die Wolken zogen sich weiter zurück, Sonnenstrahlen brachten den nassen Garten zum Glitzern. In Kürze würden Büsche und Bäume üppig blühen. Mia schluckte die Tränen hinunter. Sie drückte die Nase gegen die Fensterscheibe. Im Wohnzimmer, von Monika und André so liebevoll eingerichtet, standen nun schlichte Möbel, frisch aus dem IKEA-Katalog: Tisch und Stühle, ein Sofa, eine Schrankwand. Wahrscheinlich vermietete besagte Firma das Haus möbliert.

Ich muss Monikas Mörder finden.

Mia hatte das Gefühl, der Satz sei tief aus ihrem Inneren hervorgekrochen. Ein unumstößlicher Entschluss. Eine Entscheidung, an der sie sich festhalten konnte.

Tief durchatmend wandte sie sich vom Haus ab und ging langsam zum Grundstück ihrer Eltern zurück.

Die Meldung im Internet – die würden nicht nur sie und André gesehen haben.

Sondern sehr wahrscheinlich auch der Mörder.

5.

»Merkst du was? Das ist eine Behörde«, flüsterte André Mia zu. »Trostlos wie damals.«

Sie hockten auf grünen Stühlen. In einem Gang mit grauen Türen.

Mia zuckte mit den Achseln. »Die kennen uns hier nicht mehr.«

Sie waren Stammgäste in der Polizeidirektion gewesen. Über Monate. Damals. 2008. Mit einem Mal kam es Mia so vor, als sei sie wieder in diese Phase des Suchens und Niemals-Findens zurückkatapultiert worden.

»Es ist, als wären wir gestern erst hier gewesen«, murmelte sie.

Wie aus dem Nichts materialisierte sich eine junge, durchtrainierte Frau vor ihnen. Cargohosen, Pullover. Hochgestecktes braunes Haar.

»Hauptkommissarin Hanne Schuster. Ich leite die Vermisstenabteilung.«

Damals war es ein Mann gewesen. Ein runder, gemütlicher Herr Ende 50 mit Glatze. Der genoss vermutlich mittlerweile seine Pension.

André erhob sich.

»André Böhme. Und das ist Mia Wagner. Eine Freundin unserer Familie.«

Mia schüttelte Frau Schusters Hand. Sie bewunderte, wie André so sachlich reden konnte. In dieser Situation.

Wo sie gleich offiziell aussagen würden, dass die Internetzeichnung Monika abbildete.

»Kommen Sie bitte mit. Darf ich Ihnen Kaffee anbieten?«

Sie bejahten beide. Nahmen Platz in einem Büro, durch dessen Fenster sich ein wenig Sonne bemühte. Auf dem Sims standen Töpfe mit Kräutern, dazwischen ein Osternest mit bunten Eiern.

»Ich habe die Kräuter nur wegen ihres Duftes«, erklärte die Kommissarin. »Zum Kochen komme ich selten. Also: Sie sind hier wegen unseres Aufrufs.«

»Mia hat mich heute Morgen angerufen, weil ...« André schluckte.

»Sie haben Monika Böhme erkannt?« Hanne Schuster warf einen Blick auf einen Stapel Unterlagen auf ihrem Schreibtisch. Es hörte sich an, als lobte sie ihre Besucher wegen der korrekten Antwort auf eine Quizfrage.

»Genau.« André räusperte sich. Er war blass im Gesicht.

Die Tür ging auf, ein Mann brachte drei Tassen und eine Kanne, Milchtüte und Zuckerdose.

»Danke.« Hanne Schuster nickte ihm zu. »Bedienen Sie sich bitte.«

Sie bemühte sich um eine freundliche, empathische Atmosphäre. Deshalb der Kaffee, und Koriander und Rosmarin auf der Fensterbank. Für all die Leute, die ihr Leben lang auf der Suche sein würden. Nach dem Menschen, der ihnen am meisten bedeutet hatte. Mia roch den Duft des Kaffees. Nicht so gut wie bei André, aber akzeptabel.

Die Kommissarin reichte ihnen ein Blatt. Die Zeichnung. Ausgedruckt. Gestochen scharf.

»Wir hatten anfangs absichtlich keine Haare hinzugefügt. Nach Ihrem Anruf hat ein Mitarbeiter ein Foto von Monika Böhme unterlegt und eine konkretere Zeichnung angefertigt.«

Sie hielt ihnen ein weiteres Papier hin.

Mia nahm es. Eine Zeichnung von Monika. Schmaler. Mit den kurzen krausen Locken. Sogar den Ohrringen. Verblüffend.

»Charakteristisch an einem menschlichen Gesicht ist vor allem das Verhältnis zwischen Augen- und Nasenpartie. Außerdem natürlich die Länge und Breite.«

»Meine Frau war sehr zierlich. Die erste Zeichnung im Netz«, sagte André mit neuerlichem Räuspern, »wirkte etwas zu rund.« Seine Stimme brach. »Verzeihung«, brachte er hervor.

Hanne Schuster goss Kaffee ein. André starrte auf seine Tasse. Seine Hände zitterten. Er verkrampfte sie auf seinem Schoß.

»Mir ist bewusst, dass Ihnen diese Situation viel abverlangt«, sagte die Kommissarin. »Gibt es etwas, was ich zunächst für Sie tun kann?«

Mia berührte behutsam Andrés Arm. »Wir fragen uns«, sagte sie, »warum nur der Schädel gefunden wurde.«

»Da stehen wir bisher vor einem Rätsel.« Sie blätterte in den Akten. »Vom Zustand des Schädels her zu schließen, wurde er mit einem scharfen Messer oder einer Axt vom Rumpf getrennt. Es ist allerdings nicht mehr zu erkennen, ob dies vor oder nach ihrem Tod erfolgte. Sie hatten also recht, als sie damals Suizid kategorisch ausschlossen.«

»Ja«, sagte André. Seine Hautfarbe wurde eine Spur fahler.

»Sie sagten auch, Ihre Frau wäre niemals allein im Wald wandern gegangen.«

»Nein. Sie war ein Stadtmensch.« André schluckte hart. »Hat jemand ihr im Wald aufgelauert? Um ihr den Kopf abzutrennen? Glauben Sie das? Wer würde so etwas tun?«

»Der Fundort muss nicht der Tatort sein. Zunächst werden wir einen DNA-Abgleich machen, um den eindeutigen Beweis zu erbringen, dass es sich wirklich um den Schädel Ihrer Frau handelt, Herr Böhme. Vergleichsmaterial haben wir, das stellt kein Problem dar.«

»Wann wissen Sie Bescheid?«

»In wenigen Tagen, noch vor dem Osterwochenende.«

»Und dann? Was geschieht dann?« Endlich griff André nach der Kaffeetasse. Verschüttete ein klein wenig. Trank.

Mia beobachtete ihn aus dem Augenwinkel. Als er die Tasse abstellte, merkte sie, dass sie die Luft angehalten hatte.

Hanne Schuster faltete die Hände. »Dann übernimmt die Mordkommission. Die Kollegen werden zunächst versuchen, einen Bezug zum Fundort herzustellen.«

»Ich möchte die Stelle sehen.« André sah die Kommissarin fest an.

»Das lässt sich einrichten. Ich bringe Sie hin.«

»Was für ein Bezug sollte das sein?«, fragte Mia.

»Wie gesagt, der Fundort muss nicht der Tatort sein. Daher gilt es zu klären, wie der Schädel in dieses Waldstück kam. Wurde sie in der Nähe umgebracht? Oder an einem völlig anderen Ort, und der Mörder hat den Leichnam im Wald abgelegt? Dies sind Fragen, die wir hoffentlich klären werden.«

»Und wo sind die anderen Überreste?« André klang wütend.

Hanne Schuster ließ sich davon nicht aus der Fassung bringen.

»Wir wissen nicht, wo Ihre Frau umgebracht wurde. Ob es überhaupt in dem Waldstück war. Wir sind dabei, das Gebiet, in dem wir den Schädel gefunden haben, weiträumig und gründlich abzusuchen. Allerdings verschleppen Tiere Knochen oft über viele Kilometer.«

Mias Magen rebellierte. Ihr wurde bewusst, dass sie außer Kaffee heute noch nichts in den Magen bekommen hatte. Es war schon nach 2 Uhr.

»Tiere?«, krächzte sie.

»Das wäre die wahrscheinlichste Erklärung. Wenn der Leichnam im Wald liegt, wird er zur Beute der Natur, so grauenvoll der Gedanke uns auch vorkommt.«

Wolken schoben sich vor die Sonne, im Büro wurde es unversehens dunkel. Hanne Schuster knipste die Schreibtischlampe an. Eine Weile sagte niemand etwas.

»Kann ich sonst noch etwas für Sie tun?«

Mia starrte auf die Kaffeekanne.

»Ich glaube nicht«, antwortete André. »Vielen Dank.«

»Wenn es Ihnen passt, würde ich Sie morgen Vormittag zum Fundort begleiten. Kann ich Sie in Ihrer Wohnung in der …«, sie blätterte in den Dokumenten, »Königsstraße abholen?«

»Sicher.« André stand auf. »Wiedersehen.«

Mia folgte ihm.

An der Tür sah sie sich um. Hanne Schusters linke Gesichtshälfte lag im Schatten. Die andere Seite wurde von der Schreibtischlampe beleuchtet. Sie notierte etwas.

»Ihr Vorgänger, der den Fall damals bearbeitete …«, begann sie.

»Pius Geuter?«

»Ja. Er ist nicht mehr im Dienst?«

»Er ist fast 70. Nein, nicht mehr im Dienst.« Die Kommissarin lächelte. Im scharfen Licht der Lampe und nur halb zu sehen, wirkte ihr Gesicht düster und streng.

DIENSTAG DER KARWOCHE

6.

Der Hang war steil. Mia begann zu schwitzen. Der Tag hatte verregnet begonnen, doch nun schien seit einer Stunde die Sonne und brachte die feuchten Äste und Zweige zum Glitzern. Es roch nach vermoderndem Laub. Hinter ihr keuchte André. Er war nie sehr sportlich gewesen, eher die typische Couchkartoffel. Vor Mia bahnten sich die langen Beine eines Polizisten den Weg, der sich als Chef der Mordkommission Harald Eyrich vorgestellt hatte. Ein groß gewachsener, drahtiger Mann mit kurzen blonden Haaren, aber auffallend langen Koteletten. Ganz am Ende ging Hanne Schuster. Auf der Fahrt durch das Ellertal hatte Mia die meiste Zeit geschwiegen und mit verhangenem Blick aus dem Beifahrerfenster geblickt.

»Hier wurden Fichten gefällt, die durch die Trockenheit der letzten beiden Sommer abgestorben sind.« Eyrich blieb stehen und deutete in den Wald hinein, wo vereinzelt Baumstümpfe zu sehen waren. ».Dabei haben die Waldarbeiter den Schädel gefunden.«

Weder Mia noch André hatten zu fragen gewagt, es war auch so klar genug: Eyrichs Anwesenheit in diesem Wald bedeutete, dass Monika Böhmes Fall von der Vermisstenabteilung zur Mordkommission gewechselt hatte. Jemand hatte Monika ermordet. Mia biss sich auf die Lippen. Jetzt war es amtlich.

In diesem Wald? Was hatte Monika hier gesucht? Sie war ganz bestimmt kein Mensch gewesen, der freiwillig mit Rucksack und Wanderschuhen durch das Gestrüpp gestreift wäre. Monika war der Typ, der es sich im Café gemütlich machte, um Zeitung zu lesen oder einfach Löcher in die Luft zu gucken.

»Dass es keine anderen menschlichen Überreste in dem Gebiet gibt, muss zunächst einmal nichts heißen. Ihre Frau«, Eyrich sah André offen an, »starb vor elf Jahren. Tierverbiss ist bereits in einem kürzeren Zeitraum ein Thema.«

Obwohl ihr Eyrichs Direktheit einen Schauder über den Rücken jagte, war Mia dankbar, dass er nicht groß um das Furchtbare herumredete.

»Ist es noch weit?«, ächzte André.

»Nur ein paar Minuten.« Eyrich marschierte weiter.

Der dicht bewaldete Hang links fiel steil ab. Felsbrocken lagen im Laub, Totholz hatte sich daran verkeilt. Ein Eichhörnchen flitzte vorbei, Mia verlor es rasch aus den Augen. An manchen Stellen wagten sich Schneeglöckchen und Märzveilchen ans Tageslicht. Rechts neben dem Fußweg erkannte Mia die Spuren eines schweren Fahrzeugs. Wahrscheinlich der Traktor der Waldarbeiter. Regenwasser hatte sich in den Furchen gesammelt. Mia zog die Jacke aus und lockerte ihren Schal. Wartete auf André, der zurückgefallen war. Er warf ihr einen dankbaren Blick zu.

»Bist du okay?«, fragte sie halblaut.

Er zuckte die Achseln.

»Und du?«

»Geht schon.«

Sie stapften weiter. Wenig später sah Mia das rot-weiße Absperrband.

»Das Gebiet ist gestern weiträumig abgesucht worden«, erläuterte Eyrich, während er das Band anhob und die anderen hindurchschlüpfen ließ. »Außer dem Schädel gab es keine brauchbaren Spuren.«

»Ist sie hier umgebracht worden?« Außer Atem sah André sich um. Sie hatten eine Art Plateau erreicht, der Hang zur Linken fiel nun fast senkrecht ab. Ein paar Sträucher krallten sich daran fest.

»Um das mit Sicherheit sagen zu können, ist zu viel Zeit vergangen.« Eyrich streckte den Arm aus. »Bitte, nur noch ein paar Schritte.«

Eine Markierung steckte im Boden.

»Hier lag der Schädel.«

Mia biss sich auf die Lippen. Es klang so normal. Da liegt ein Schädel. Na gut, kann passieren. Doch statt schockiert und traurig fühlte sie sich einfach nur wütend.

»Wenn wir nur wüssten, was genau passiert ist«, flüsterte sie.

»Das wird Gegenstand der Ermittlungen sein«, erwiderte Hanne Schuster. Ihre Stimme klang weich und rauchig. »Wir tun unser Möglichstes.«

»Elf Jahre … mein Gott, Monika!« André verbarg sein Gesicht in den Händen.

Mia machte einen Schritt auf ihn zu.

»Ich bin da«, sagte sie leise.

Er mochte es nicht, berührt zu werden, wenn er extrem aufgewühlt war. Aber der Klang ihrer Stimme drang zu ihm durch.

»Danke«, wisperte er.

7.

»André braucht noch ein bisschen Zeit.« Mia rutschte unruhig auf dem Stuhl vor Kommissar Eyrichs Schreibtisch herum. Dort stand der gleiche Teller mit Ostereiern wie auf Hanne Schusters Fensterbank. Allerdings gab es hier keine Kräuter.

»Das ist mehr als verständlich. Wenn Sie nichts dagegen

haben, stelle ich Ihnen ein paar Fragen zum Tag von Monika Böhmes Verschwinden.«

Also begann es von vorn. Mia unterdrückte ein Stöhnen. Die Polizei hatte alles in den Akten, was ihr Gedächtnis damals hergegeben hatte. Mehr war da nicht.

»Ich bin mir bewusst, dass elf Jahre eine lange Zeit sind«, fuhr Eyrich fort.

Mia meinte, so etwas wie Mitgefühl in seinen Augen zu sehen.

»Allerdings spielt die Zeit einem Ermittler manchmal in die Hände. Menschen sehen Dinge anders, gewichten sie differenzierter als zu dem Zeitpunkt, an dem das Verbrechen geschah.«

»Ich mache mir Sorgen!«, platzte Mia heraus. »Wurde sie am Tag ihres Verschwindens umgebracht? Oder hat jemand sie über längere Zeit festgehalten? Solche Sachen gibt es doch, oder?«

»Der pathologische Befund sagt uns, dass sie bereits seit mehr als zehn Jahren tot sein muss. Natürlich kann man nichts ausschließen. Bisher allerdings gibt es keine Anhaltspunkte, dass jemand sie gefangen gehalten hat. Wir müssen ganz von vorn anfangen.« Eyrich legte die Hand auf einen Stapel Papiere. »Ich will ehrlich mit Ihnen sein. Ein Durchbruch wäre am wahrscheinlichsten, wenn wir einen neuen Zeugen oder neue Beweise gegen eine bestimmte Person auftreiben könnten.«

»Aber niemand stand damals wirklich unter Verdacht!«

»Sie waren 18 und wohnten mit Ihren Eltern in unmittelbarer Nachbarschaft der Böhmes?« Eyrich schlug eine Akte auf.

»Ja. Ich stand kurz vor dem Abitur.«

»Ihre Eltern, Simone und Carsten Wagner, waren mit den Böhmes befreundet?«

»Schon lange. Schon bevor Monika und André ins Nachbarhaus zogen.«

Eyrich machte sich einen Vermerk.

»Welchen Eindruck hatten Sie damals von der Ehe der Böhmes?«

Mia strich sich das Haar aus der Stirn. Du liebe Zeit, jetzt ging das wieder los. Die Ermittlungen hatten sich festgefahren. André hatte als Hauptverdächtiger gegolten, allerdings war diese Spur bald fallen gelassen worden. Tatsächlich schien nichts absurder als der Gedanke, dass André seine Frau umgebracht haben könnte.

»Sie waren ein Herz und eine Seele.«

»André Böhme gab seinerzeit zu Protokoll, dass er seine Frau selten sah. Aus beruflichen Gründen.«

»Er hatte ein Restaurant übernommen und arbeitete bis in den späten Abend, und Monika als Architektin hatte tagsüber zu tun und musste früh raus.«

»Das muss frustrierend gewesen sein.«

Mia dachte an Andrés Gewissensbisse. Die heute so harsch schienen wie damals: »Ich hatte keine Zeit mehr für Monika. Wir haben uns praktisch nicht mehr gesehen.«

»Monika war eine Zeit lang arbeitslos und jobbte nur freiberuflich. Sie suchte dringend eine Festanstellung und war froh, als sie die endlich hatte. Sie hätte diesen Beruf nicht freiwillig aufgegeben.«

»Und Herr Böhme?«

»Er liebte das Restaurant. Es war sein Traum.«

»Nach dem Verschwinden seiner Frau hat er es verkauft.«

Mia zuckte die Achseln. »Er war völlig fertig und konnte nicht mehr so viel schuften.«

Eyrich nickte.

»Sie scheinen gut befreundet mit Herrn Böhme.«

»Ich war mit Monika befreundet. Wir haben uns gut verstanden, und sie hat mir viel geholfen. Als ich mich für ein Studium interessierte und nicht wusste, ob es das Richtige für mich ist, haben wir stundenlang diskutiert. Über Gott und die Welt.«

»Was haben Sie denn studiert?« Eyrich betrachtete sie ehrlich interessiert. Seine blauen Augen schienen Mia ausgerechnet jetzt zum ersten Mal richtig anzusehen.

»Kunstgeschichte und Ethnologie.«

Die brotlosen Fächer, die nur echte Idealisten anstreben.

»In Bamberg ist Kunstgeschichte ja beinahe ein Muss. Bei der Historie!« Er lächelte. Zum ersten Mal. Wahrscheinlich hatte er in der Mordkommission nicht viel zu lächeln.

»Das liegt nahe. Im Moment habe ich allerdings keinen Job. Ich habe darüber nachgedacht, eine Lehre als Restauratorin anzuhängen. Für die praktische Seite.«

Und weil ich sonst nichts zu tun habe.

»Was hält Sie davon ab?«

»Nichts«, entgegnete Mia kurz angebunden. »Ich bin gerade dabei, alles zu organisieren.« Ihre persönliche Misere ging den Kommissar nichts an.

»Herr Böhme war am Tag, als seine Frau verschwand, vormittags mit seinem Beikoch auf dem Großmarkt und danach im Restaurant.«

Ich weiß, dachte Mia. Das perfekte Alibi. Als hätte André Monika jemals Schaden zufügen können. Er hat sie auf Händen getragen.

»Aus dem Protokoll geht hervor, dass er, nachdem er nach Hause kam und seine Frau nicht vorfand, bei Ihren Eltern klingelte. Obwohl es sehr spät war.«

»Ja. Ich schlief schon. Es war nach Mitternacht.« Mia fror plötzlich.

»Ihre Eltern haben eine Zahnarztpraxis.«

»Genau.«

Muss ich wirklich jedes Detail bestätigen?

»Sie wurden wach, als Herr Böhme kam, nicht wahr?«

Mia schwieg.

»Bitte schildern Sie mir, woran Sie sich entsinnen.«

Als könnte jemand so einen Moment vergessen. Andrés Stimme, die sie aus dem Schlaf gerissen hatte. »Monika ist weg!« Seine Verzweiflung, die rasch in lautes Weinen überging. Er war völlig aus dem Häuschen.

Die Erinnerung an jene Nacht erwischte Mia kalt. Sie hoffte, ihre Stimme würde nicht zittern, als sie sagte:

»André stand total unter Schock. Kam heim, Monika war nicht da. Er dachte, sie würde schlafen, deswegen war er ganz leise reingegangen und hatte erwartet, sie im Schlafzimmer zu finden. Das war leer, das Bett gemacht, nirgends auch nur eine Spur von ihr.«

»Fiel ihm nicht auf, dass ihr Auto nicht da war?«

»Die Böhmes wollten damals ein Carport bauen. Monika hatte es geplant. Die entsprechende Stelle war schon betoniert. Solange sie ihre Autos nicht auf das Grundstück fahren konnten, parkten sie an der Straße.

Das klappte nicht immer vor der Haustür, weil eben viele Anwohner ihre Autos am Gehsteig abstellen.«

Ich klinge wie auswendig gelernt.

»Fahren Sie fort.«

»André war aufgeregt, sprach laut, weinte. Davon wachte ich auf. Als ich hörte, worüber er und meine Eltern sprachen, rannte ich runter zu ihnen. André packte mich an den Schultern und fragte mich, ob ich wüsste, wo Monika wäre. Ich hatte keine Ahnung.«

»Ich nehme an, Sie haben sich mittlerweile oft gefragt, ob Frau Böhme Ihnen nicht doch einen Anhaltspunkt gegeben hat, was sie an jenem Tag vorhatte?«

»Ich habe mich Millionen Mal genau das gefragt. Ich weiß es nicht.« Mia starrte auf ihre Hände, die verkrampft auf ihrem Schoß lagen. Ihr Handy klingelte. Sie ignorierte es.

»Gehen Sie ruhig ran.«

Genervt kramte Mia es aus der Jackentasche.

»Hallo?«

»Lars hier. Du wolltest doch den Schrank anschauen?«

Dieser beknackte Schrank.

»Es ist was dazwischengekommen. Können wir das auf später verschieben?«

»Ich habe dir ja gesagt, es interessieren sich mehrere Leute dafür.«

Ein Kleiderschrank für 30 Euro, kaum gebraucht. Ihre Sachen lagerten seit Monaten in Kartons. Sie hatte kein Einkommen. Zumindest keines, das man so nennen könnte.

»Hör mal, ich habe gerade einen wichtigen Termin. Ich schaue später vorbei, in Ordnung?«

»Wie du willst, aber wenn das Teil dann weg ist …«
Mia legte auf.
Eyrich betrachtete sie nachdenklich.
»Ich habe auf eine Kleinanzeige geantwortet. Es geht um einen Schrank.« Sie steckte das Smartphone weg.
»Was geschah noch an jenem Abend?«
»Wir gingen mit André zu ihm rüber. Dabei fiel uns auf, dass Monikas Handy auf dem Nachttisch lag. Ausgeschaltet. Vielleicht war auch der Akku leer.«
Eyrich starrte in seine Unterlagen.
»War das ungewöhnlich? Dass sie ihr Handy zu Hause ließ, wenn sie wegfuhr?«
»Eventuell brach sie kurz entschlossen oder in Eile auf. Es stellte sich raus, dass sie sich den Nachmittag spontan freigenommen hatte.«
Eyrich nickte. »Könnte sein.«
»Sie war ein bisschen schusselig. Verlegte öfter ihren Schlüssel. Verwechselte Termine. Manchmal trug sie zwei verschiedene Socken. Rot und rosa. Oder so.«
»Ein sympathischer Zug.«
Sie sehen mir nicht so aus, als wenn Ihnen das passieren würde, dachte Mia. Der Mann war akkurat gekleidet. Edeljeans, Hemd, Pullunder. Nur an seinen Budapestern klebte noch Laub vom Wald.
»Nehmen Sie es mir nicht übel«, fuhr er fort. »Monika Böhme war zum Zeitpunkt ihres Verschwindens 34 Jahre alt. Sie waren 18. Eine ungewöhnliche Konstellation für eine so enge Freundschaft.«
»Warum?« Mia fragte nur pro forma. Auf dem Altersunterschied war die Polizei damals schon herumgeritten.

Eyrich hob die rechte Hand, als wollte er sich entschuldigen. »Nun, junge Menschen treffen sich doch eher mit Leuten ihrer Altersgruppe.«

»Das heißt ja nicht, dass ich keine anderen Freunde in meinem Alter hatte. Aber ich mochte Monika sehr, und wir haben uns einfach gut verstanden. Ich konnte ihr alle meine Sorgen erzählen. Zum Beispiel, dass ich mit Mathe auf Kriegsfuß stand. Monika hat mir oft geholfen, sie war ein Mathe-Crack.«

Womöglich schluckte der Kommissar eine praktische Erklärung besser als das, was Mia damals so glücklich gemacht hatte: eine Freundin zu finden, der sie durch und durch vertraute und die nicht so oberflächlich war wie die Mädchen in Mias Schule, sondern eine Frau mit Reife und Tiefgang, die aber nicht die Härte und Autorität ihrer Mutter ausstrahlte.

Ich muss ihren Mörder finden. Es gibt nichts, was ich sonst für sie tun kann.

»Bevor die Böhmes in Ihre Nachbarschaft zogen, kannten Sie die Eheleute bereits?«

Das hatte er vorhin schon gefragt.

»Ja, meine Eltern und die Böhmes waren befreundet.«

»Aber Ihre enge Beziehung zu Monika begann erst, als die Böhmes nebenan wohnten?«

»Das stimmt«, antwortete Mia.

8.

»André, ich muss noch wegen eines Kleiderschranks aus zweiter Hand in die Pödeldorfer Straße«, sagte Mia.

André hockte auf dem Gang, die Schultern hochgezogen, den Blick auf den Boden gerichtet.

»Schon gut, warte nicht auf mich. Das dauert sicher wieder ewig. Kennt man ja schon. Die werden mich in die Mangel nehmen. Mord. Da ist doch der Ehemann sofort unter Verdacht, stimmt's?«

Mia blickte zu Kommissar Eyrich, der in der Tür zu seinem Büro lehnte und wartete, dass er mit Andrés Vernehmung loslegen konnte.

»Wir telefonieren, in Ordnung?«

»Klar.«

Sie ging den Gang hinunter. Fühlte sich wie in einem Albtraum, aus dem sie in Kürze aufwachen musste. Wie in den Nächten, in denen sie spürte: Ich träume doch, verdammt. Jetzt allerdings fehlte die Erleichterung, die sie sonst empfand, wenn sie aus dem Schlaf hochfuhr und feststellte: alles nur ein Traum.

Eyrich würde André grillen. Er würde umsichtig vorgehen, höflich, immerhin hatte André sich auf das Phantombild hin selbst bei der Polizei gemeldet. Doch schließlich würde er immer mehr Druck machen, denn André war nun einmal der Ehemann, und ein Großteil der Tötungsdelikte waren Beziehungstaten. Eyrich würde nach Details suchen, in denen man sich verheddern könnte, die dunklen Ecken der Erinnerung abtasten. Absurd nur, sich einzubilden, André könnte irgendjemandem den Kopf abhacken. Noch dazu seiner Frau!

Mia spürte Brechreiz in sich hochkommen. Welcher Mensch war überhaupt dazu imstande?

Sie musste das alles ausblenden, wenigstens für kurze Zeit. Irgendetwas Normales tun, und nicht an den Wald denken, an das Flatterband und an den Schädel. Der Schrank kam ihr da gerade recht.

Entschlossen stieg Mia auf ihr Rad und trat in die Pedale. Fünf Minuten später hielt sie vor der angegebenen Adresse in der Pödeldorfer Straße, einem mehrstöckigen Wohnhaus. Sie läutete bei »Obenhaus«. Tief drin im Haus hörte sie die Glocke schellen. Endlich riss jemand die Tür auf.

»Sorry, der Türöffner ist kaputt. Bist du Mia?«

»Die bin ich.«

»Lars. Du bist spät dran.«

Der Typ trug Cargohosen, ein ausgeleiertes Shirt und hielt seine blonden Locken mit einem bunten Stirnband zurück. Er mochte um die 30 sein, Typ Naturbursche.

Mein Gott, es geht um einen Schrank, dachte Mia. Nicht ums Überleben.

»Ging nicht anders. Tut mir leid.«

»Du hast Glück. Die anderen Interessenten haben abgesagt. Wegen der Maße. Die haben nicht gepasst.«

»Aha.«

Erzähl mir doch nichts. Du hast von Anfang an geblufft.

»Also komm mit.«

Mia folgte Lars durch einen engen Hausflur hinaus in einen Hinterhof.

»Im Hinterhaus liegt meine Werkstatt.«

Die typischen Bamberger Hinterhäuser, dachte Mia. Manche waren bessere Schuppen, andere zu Wohnhäusern ausgebaut. Man ahnte von der Straße aus oft nicht einmal, dass es diese Höfe gab, geschweige denn, was sich in ihnen verbarg.

Hier war es ein würfelförmiges Hinterhaus. Ein Schild, »Lars Obenhaus, Haushaltsauflösungen und Entrümpelungen«, war ein wenig schief auf das grün gestrichene Tor genagelt worden. Zum ersten Stock führte eine Außentreppe aus Holz. Auf der untersten Stufe hockte mit verschmitztem Grinsen ein aus Schrottteilen zusammengebastelter Osterhase. Hinter dem Gebäude ragte eine Birke auf und streichelte mit ihren zartgrünen Zweigen das Dach.

Er kramte in seinen Hosentaschen. »Eigentlich habe ich was Hochgeistiges studiert, aber die praktische Arbeit macht mir mehr Spaß. Ich habe ganz schön viel zu tun, beinahe zu viel für einen Ein-Mann-Betrieb. Man möchte nicht glauben, wie viele Haushalte gerade aufgelöst werden.«

Mia nickte. Ihre Höflichkeit war lange genug antrainiert, um ein Gespräch aufrechtzuerhalten, das sie nicht interessierte. Sie wusste nicht einmal, ob sie den Schrank überhaupt noch wollte. Allenfalls, um sich darin zu verkriechen und unsichtbar zu werden. Für Hauptkommissar Eyrich vor allem. Ihr Magen krampfte sich beim Gedanken an neue polizeiliche Vernehmungen zusammen. Die Ermittlungen hatten sich damals festgefahren. Es würde wieder so sein. Wo sollte man schließlich elf Jahre nach Monikas Tod neue Zeugen oder Beweise auftreiben?

Die Sonne lugte durch die Wolken, schien ihr mitten ins Gesicht. Mit einem Mal merkte Mia, wie warm die Strahlen schon waren. Sie kniff die Augen zusammen, während Lars ein Vorhängeschloss löste und die Tür aufschob. Im Halbdunkel lagerten Möbel über Möbel. Der Raum war groß und nahm die komplette Fläche des Gebäudes ein. Lars betätigte einen Lichtschalter. Rechts an der Wand befanden sich Stühle in allen Formen und Macharten. Das Fenster an der Seitenwand war beinahe zugestellt. Es folgten im Uhrzeigersinn Tische, Sitzbänke, Bettgestelle. Und Schränke. Der Geruch nach Lack und Holzleim hing in der Luft. An der hinteren Wand befand sich eine Werkbank mit allerlei Werkzeug und Farbeimern. Daneben stand ein pinkfarbener Kühlschrank.

»Verkaufst du das alles?«

»Klar. Der weiße Kleiderschrank da, das ist der, für den du dich interessiert hast.«

Er deutete auf einen schmalen Schrank. Nur zwei Türen. Als er sie öffnete, flackerte die Lampe und erlosch. Es wurde dämmrig in dem vollgestellten Raum.

»Entschuldige.« Lars kramte eine Taschenlampe aus einer seiner vielen Hosentaschen. Der Lichtkegel fiel in den Schrank. Die linke Seite war in Fächer eingeteilt, rechts gab es eine Kleiderstange. »Gefällt er dir?«

Mia berührte das billige Furnier. Besser als nichts. Besser als die Umzugskartons, in denen ihre Klamotten seit Monaten lagerten. Und er würde garantiert in ihr winziges Schlafzimmer passen.

»25. Mehr ist er nicht wert.«

Lars lachte. »Komm, das Teil kostet neu an die 200 Euro. 30 muss ich schon dran verdienen.«

Mia zog die Augenbrauen hoch.

»Quatsch. Davon ziehe ich gleich mal 100 ab!«

»Nee, echt, ich verarsche dich nicht.« Lars knipste die Taschenlampe aus. »Bist du mit dem Auto da? Ich baue dir das Ding auseinander und helfe dir beim Verladen.«

Plötzlich begannen sich die Möbel um Mia zu drehen. Sie streckte die Arme aus und hielt sich an dem Schrank fest. Er wackelte.

»Ist alles okay mit dir?«

Verdammt noch mal, nein. Die haben den Schädel meiner besten Freundin im Wald gefunden, nach elf Jahren.

Lars reagierte sofort. Blitzschnell brachte er einen Stuhl.

»Setz dich erst mal. Bist du schwanger, oder was?«

»Spinnst du?« Sie ließ sich auf den Stuhl fallen.

Er hob die Hände. »Okay, tut mir leid. Ich dachte nur, wenn Frauen mit einem Mal schlecht wird, also …«

»Das wäre echt harmlos.« Es rutschte ihr einfach raus.

»Was?«

»Wenn mir wegen einer Schwangerschaft schlecht wäre.«

»Warum ist dir denn dann schlecht?«

Weil wieder alles von vorn beginnt. Weil ich aus dieser verdammten Geschichte nicht rauskomme. Weil ich nicht imstande war, Monika zu helfen. Weil ich gar nichts tun konnte. Und jetzt wieder nicht.

»Ich vertrage den Lackgeruch nicht.«

Lars starrte sie an. »Ach so.« Er schien fast ein wenig enttäuscht. »Echt nicht?«

Mia krümmte sich zusammen. Sie musste einfach nach Hause, was essen, wenigstens eine Kleinigkeit, der viele

Kaffee machte sie fertig. Und sie wollte ins Bett, sich verstecken, von niemandem mehr angesehen werden.

Würde die Polizei annehmen, dass sie etwas mit Monikas Verschwinden zu tun hatte?

Damals gab es die Unterstellung, sie hätte jemanden decken wollen. Der sich in Luft aufgelöst hatte. Doch wen hätte sie decken sollen? Man war allen möglichen Verdachtsmomenten nachgegangen, weil man nichts in der Hand hatte. Gar nichts.

»Ich hole dir ein Glas Wasser.« Lars setzte sich in Bewegung.

Sie sah ihm zu, wie er aus dem Kühlschrank eine Flasche Mineralwasser nahm. Er goss ein Glas voll und kam zu ihr zurück.

»Hier.«

»Danke.« Mia trank ein paar Schlucke. Das eiskalte Wasser tat unerwartet gut.

Sie betrachtete Lars näher. Zarte Lachfältchen krümmten sich um seine Augen. Grüne Augen, ungewöhnlich. Seine Hände, die immer noch die Flasche hielten, waren groß und schwielig mit schmutzigen Rändern unter den Fingernägeln.

»Was hast du studiert?«, fragte sie.

»Psychologie. Und du, was machst du?«

»Ich bin im Moment arbeitslos.«

»Mist. Aber du findest sicher was. Was bist du denn von Beruf?«

»Ich habe studiert.«

Er grinste. »Ist ja nicht ganz falsch.«

»Kunstgeschichte und Ethnologie.«

Sein Grinsen wurde breiter. »Ehrlich gesagt, das würde

mich auch jucken. Alte Kirchenfresken restaurieren und so.«

»Ich kann den Schrank nicht nehmen. Ich bin mit dem Rad da. Ich habe kein Auto.«

»Pass mal auf.« Lars stellte die Flasche zurück in den Kühlschrank. »Ich liefere dir den Schrank nach Hause und stelle ihn dir auf. Ist alles im Preis inbegriffen. Was meinst du?«

Mia nickte stumm.

9.

Sein Sohn hatte den Kontakt vor sechs Jahren abgebrochen. Damals war er 13. Jungs in der Pubertät, das war eine üble Sache, sogar, wenn die Familie intakt war. Bei Scheidungskindern wurde alles noch komplizierter. In seinem Fall kam hinzu, dass seine Ex, davon war er überzeugt, den Jungen gegen ihn aufhetzte, ihm den Kontakt mit dem Vater vergällte. Jakob hatte die Vater-Wochenenden boykottiert, und er, der Erzeuger dieses widerwilligen Kindes, hatte sich gefügt. War ja auch bequem gewesen.

Dennoch hatte es ihn gewurmt, so vollkommen abgeschrieben zu sein. Doch seit Jakob 18 geworden war, hatte sich dieser wieder für seinen Vater interessiert, und sie hatten sich einige Male getroffen. Nun gut, nicht allzu oft, vier Mal im vergangenen Jahr. Meist am Abend in einer Kneipe. Entweder in Bamberg oder auf dem Land, im Sommer auf einem der vielen Bierkeller, und einmal hatten sie sogar einen Spaziergang in der Fränkischen Schweiz gemacht und anschließend in Ebermannstadt in einem Lokal, das als Geheimtipp gehandelt wurde, gegessen. Seitdem machte er sich Hoffnungen, dass er im Lauf der Zeit mit seinem Sohn eine annähernd normale Beziehung pflegen könnte. Seit einigen Wochen fragte er sich, ob er Jakob erzählen sollte, dass er im Sommer ein Geschwisterchen bekäme. Noch zögerte er. Natürlich würde Jakob diese Neuigkeit brühwarm seiner Mutter weitererzählen. Die würde erneut durchdrehen vor Eifersucht. Wie er das alles satt hatte. Vielleicht war es besser, wenn er seinem Sohn nichts erzählte. Natürlich sprachen sich die Dinge herum, seine Ex würde früher oder später sowieso erfahren, dass er erneut Vater wurde. Bamberg war ein Nest, jeder kannte jeden. Zu gegebener Zeit erführe er wiederum von dem Gift, das die Frau, die er einst geheiratet hatte, in anderer Leute Ohren träufelte.

Doch jetzt hatte er andere Sorgen.

Ihm brummte der Kopf. Draußen brach der Frühling los. Die Hecke trug weiße Häubchen. Schlehen und Weißdorn explodierten förmlich, und aus der Wiese spitzten Krokusse. Nur der Wald oberhalb des Hangs wirkte weiterhin winterlich und abweisend. Der Wald. Der Wald. Mein Gott.

Er rieb sich das Gesicht. Damit würde er leben müssen. Und wie er gedachte zu leben! Und zwar nicht im Knast. Sondern mit Nadja und dem kleinen Hosenscheißer, der in ein paar Monaten zur Welt käme und im dann blühenden Garten in einer Wiege schliefe. So stellte er sich das vor. Und vorher hatte er Nadja ein gemütliches Osterfest versprochen, zu Hause, sie war ja schon so unbeweglich mit dem dicken Bauch. Trotzdem schmückte sie eifrig Haus und Garten. All diese Osterhasen und Eier und sonstiges Zeug lagen ihm nicht so, aber Nadja hatte Spaß dran.

Jetzt jedoch musste er herausfinden, ob seine Ex Bescheid wusste. Dazu blieb ihm Jakob als einziger Informant. Er würde sich mit dem Jungen treffen. Die ehemaligen Freunde hatte er seit Jahren nicht mehr gesehen, hatte die Beziehungen lange vor der Sache mit Monika auf Eis gelegt.

Es war besser so.

10.

»Okay, wo soll's hingehen?«

Lars hatte ruckzuck den Schrank in seine Einzelteile zerlegt und diese mitsamt Mias Fahrrad in seinem Lieferwagen verstaut. Nun sprang er energiegeladen hinters Steuer. Mia stieg auf den Beifahrersitz.

»Moosstraße.«

»Ist nicht dein Ernst. Kann man da wohnen?«

»Gewerbe-Mischgebiet.« Sie hatte sich die Gegend nicht ausgesucht. Nicht freiwillig. Wohnen in Bamberg war teuer geworden, und sie konnte sich nichts leisten, was näher an der Innenstadt lag. In den letzten Monaten hatte sie jedoch die Vorzüge dieser Lage schätzen gelernt. Es gab ein Café mit Konditorei ein paar Meter die Straße runter. Manchmal frühstückte sie da. In der Nähe lag ein Biomarkt. Am Wochenende herrschte Ruhe, Touristen waren in interessanteren Stadtteilen unterwegs. Und es war auf alle Fälle besser, in einer eigenen Wohnung zu wohnen, als bei den Eltern unterzukriechen.

Lars legte den Gang ein. Der Motor zickte, bevor er ansprang.

»Man merkt, dass Osterferien sind, finde ich. Weniger Verkehr als sonst.« Lars schaltete das Radio ein. BR-Klassik. Violinenklänge. »Tschaikowsky. Ich wette, das ist Tschaikowsky.«

Mia schielte auf das Radiodisplay.

»Stimmt. Bist du Klassikfreund?«

»Ich habe sogar ein Abo bei den Symphonikern. Hättest du nicht gedacht, was?« Er summte ein paar Takte mit. »Klassik habe ich schon immer geliebt. Meine Oma hatte ein Album mit Schellackplatten. Klassische Musik. Aufnahmen, die sie als Jugendliche gesammelt hatte. Als ich ungefähr 14 Jahre alt war, habe ich das entdeckt und bin in eine neue Welt eingetaucht.«

»Ungewöhnlich für einen Jungen in der Pubertät.«

»Wahrscheinlich habe ich sie deshalb ohne Drogen überstanden. Die Musik war meine Droge. Vor allem die Russen. Tschaikowsky. Rachmaninow. Das zweite Klavierkonzert von ihm hat mich umgehauen.«

Mia musste zugeben, dass dieser Mann in seinen Cargohosen sie neugierig machte. »Wieso?«

»Das ging mir wahnsinnig tief. Ist heute noch so. Die Musik trägt einfach immer. Wie eine Arznei ohne Nebenwirkungen.« Er lachte. »Ist das hier die Moosstraße?«

»Ja, fahr einfach noch 100 Meter weiter und halte vor dem Haus mit den gelben Fensterläden an.«

»Klar doch. Hier?«

»Hm.«

Er hielt und drehte den Zündschlüssel. Die Musik brach ab.

»Schade«, murmelte Mia.

»Wenn du willst, überspiele ich dir mal was. Wobei ich ja am liebsten Platten höre. Vinyl. Auf meinem guten alten Dual-Plattenspieler.«

»Ich habe mir sagen lassen, Vinyl wäre wieder im Kommen, vor allem bei den echten Musikliebhabern.«

»Es war nie aus der Mode, genau genommen.« Lars sprang aus dem Wagen. »Welche Etage?«

»Erste.« Mia drückte die Haustür auf.

»Nimm die Bretter.« Lars drückte ihr einen Stapel Einlegeböden in die Arme.

Mia stieg die Treppen nach oben, stellte die Bretter ab und steckte den Schlüssel ins Schloss. In der Wohnung roch es muffig. Rasch stieß sie die Fenster im Wohnzimmer auf.

Ein paar Minuten später hatte Lars alles andere nach oben geschleppt.

»Wo soll der Schrank hin?«

Sie führte ihn ins Schlafzimmer. »An die linke Wand.«

»Räum doch zuerst mal die Kartons beiseite.« Er machte sich an seinem Werkzeugkasten zu schaffen.

Ich muss ihm mehr bezahlen, dachte Mia, während sie die Umzugskisten an die andere Wand schob. Er ist jetzt schon eine Stunde lang mit mir zugange. Und mit dem Schrank natürlich. Sie musste unwillkürlich grinsen. Es tat gut, eine Weile nicht an den Schädel zu denken. Aber gerade jetzt drängte sich das ganze Elend wieder in ihre Gedanken. Ob André noch bei der Polizei war? Jetzt rief sie ihn lieber nicht an, für den Fall, dass Eyrich noch nicht mit ihm fertig war.

»Willst du was trinken?«, fragte Mia.

»Ehrlich gesagt schon: Hast du ein Bier?«

»Habe ich.« Sie ging in die Küche. Nur eine winzige Nische, in der kaum zwei Personen nebeneinander stehen konnten. Aber *ihre* Küche. Mit zwei Flaschen kam sie zurück.

»Danke.« Er nahm einen tiefen Zug. »Schön kalt. Seit wann wohnst du hier?«

Die Hinterwand des Schranks stand bereits.

»Ein paar Monate.«

»Wo hast du denn studiert?«

»In München und Florenz.«

»Nein, echt?«

»Wirklich!« Mia lachte. »Wo sonst sollte man Kunstgeschichte studieren? Wenigstens zwei Semester Italien mussten sein.«

Lars betrachtete ihr Gesicht einen Moment. Es kam ihr vor, als gefiele ihm, was er sah. Er lächelte. »Nee, da hast du echt recht.« Er stellte die Flasche ab. »Ich mache mal weiter.«

Im Nu hatte er das Möbelstück montiert. Mia reichte ihm die Einlegeböden zu. Fast tat es ihr leid, dass sie so schnell fertig waren.

»Warum bist du nicht in Italien geblieben? Da gibt es bestimmt eine Menge Arbeit für Kunsthistoriker.«

»Dort ist auch nicht alles Gold, was glänzt.« Mia würde ihm nicht sagen, dass sie im Hinblick auf einen Job nie richtig in die Gänge gekommen war. Sie hätte mehr tun können: Kontakte ausnutzen, sich breiter bewerben.

Hätte, hätte, Fahrradkette.

»Kann ich mir vorstellen.« Er griff wieder zum Bier.

Mias Handy klingelte. André.

»Entschuldige, da muss ich ran.«

»Klar.«

»Hallo, André? Wie geht's dir, ist alles in Ordnung?«

Sie verließ das Schlafzimmer, wo Lars nun mit einem Lappen über die Einlegeböden fuhr und die Türen auf Leichtgängigkeit testete.

»Verdammt, Mia, ich halte das nicht aus.«

»Hat er dich in die Mangel genommen?«

»Ich gelte denen nach wie vor als Verdächtiger Nummer eins.«

Mia konnte Andrés Verzweiflung deutlich hören.

»Das ist Unsinn. André, du hast ein bombensicheres Alibi.«

»Vielleicht habe ich einen Killer angeheuert.«

»Das ist doch nicht dein Ernst.«

»Meiner nicht.«

Mia ging ins Wohnzimmer, setzte sich an ihren Schreibtisch. Dort lag die zweite Zeichnung von Monika. Die mit Haaren, die ganz eindeutig Monika war.

»Sie haben nicht den geringsten Hinweis dafür«, versuchte sie, André zu beruhigen.

»Bisher nicht. Sie haben auch sonst nichts. Wo, bitte, soll Eyrich neue Zeugen hernehmen? Neue Beweise? Da ist nichts zu holen. Bloß: Irgendjemand hat Monika ermordet. Elf Jahre sind ins Land gegangen. Ich muss mich damit abfinden, dass ich nie erfahren werde, was wirklich passiert ist.« Er holte tief Luft. »Das werde ich nicht mehr los, Mia. Ich komme nicht klar. Alles bricht wieder auf.«

Mir geht es genauso, dachte Mia müde. Mit dem Zeigefinger fuhr sie über die feinen Linien von Monikas Gesicht. Die Stupsnase, das spitzbübische Lächeln, die Ohrhänger.

»Sollen wir uns treffen? Ich komme zu dir.«

»Sei mir nicht böse, Mia. Ich muss eine Runde schlafen. Habe die halbe Nacht wach gelegen. Ich bin hundemüde.«

»Wo bist du jetzt? Bist du inzwischen zu Hause?« Sie merkte selbst, wie kontrollierend sie sich ihm gegenüber verhielt.

»Ich stehe vor der Polizeidirektion.«

»Wir könnten uns in der Nähe treffen. Auf eine Pizza?«

»Nicht jetzt.«

»Du wirst doch nicht trinken, André?«

Er legte auf.

»Shit.« Mia ließ das Smartphone sinken.

»Dein Freund?« Lars lehnte in der Tür, die Bierflasche lässig in der Hand.

Wütend starrte sie ihn an. Was ging ihn das an?

»Entschuldige. Ich wollte nur sagen, ich bin fertig.«

»Danke. Was bin ich dir schuldig?« Die Frage fühlte sich falsch an. Eben noch hatte Mia seine Gesellschaft genossen, nun war sie sie leid.

»Gib mir 25 für den Schrank. Er steht wie eine Eins. Ich habe ein bisschen was untergelegt. Der Boden ist nicht ganz gerade.«

Mia nahm wortlos ihren Geldbeutel aus der Tasche.

»Das war nicht mein Freund«, sagte sie leise.

»Schon okay, es geht mich nichts an. Du hast keinen Freund.«

Sie sah auf, drei Zehner in der Hand. »Wie kommst du ...«

»Du lebst allein, und es ist niemand da, der dir mit einem Schrank helfen könnte. Außerdem wirkst du einsam.«

Mia stieß ein ärgerliches Lachen aus.

Er hob die Hände in einer defensiven Geste. »Sorry. Ich ...«

»Kennst du diese Frau?« Mia hielt ihm die Zeichnung von Monika hin.

Neugierig griff er danach. »Nie gesehen. Wer ist sie?«

»Monika Böhme. Sie ist vor elf Jahren spurlos verschwunden. Vor Kurzem haben Waldarbeiter ihren Schädel in der Nähe des Ellertals gefunden.«

»Du nimmst mich auf den Arm.«

»Leider nicht.« Mia legte die Hand auf ihren Magen. Der Krampf ebbte ab, bevor er richtig begonnen hatte. »Sie ist ermordet worden.«

Lars schluckte. »Wer ist sie? Deine Schwester?« Er legte das Blatt auf den Schreibtisch.

»Wieso denkst du das?«

»Also, nicht, dass ihr euch ähnlich seht ...«

»Aber?«

»Da ist so ein Ausdruck. In deinem Gesicht. Und in ihrem hier auch. Was Hintergründiges. Schwer zu greifen. Ich kenne dich ja erst seit ein paar Stunden.«

»Monika war meine Freundin. Die beste, die ich je hatte. Als sie starb, war sie 34. Verflucht jung, oder?« Mia blinzelte, um die Tränen zurückzuhalten. »André, der eben angerufen hat ... er ist ihr Mann. War ihr Mann. Die beiden haben sich wirklich geliebt. Ein Traumpaar. Die Polizei sagt, es sei nicht mehr nachzuvollziehen, ob der Schädel nach ihrem Tod vom Körper getrennt oder ob sie sozusagen geköpft wurde.«

»Ach du Scheiße!« Lars setzte sich aufs Sofa.

»Kann man wohl sagen.«

»André ist damals zusammengebrochen. Er hat zu trinken angefangen, sein Restaurant aufgegeben.«

Ihr Handy gab Laut. Sie ignorierte die Nachricht.

»Zum Glück kam er weg vom Alkohol. Ich habe Angst, dass er rückfällig wird. Die Polizei hat keine neue Spur. Die haben mich heute wieder befragt. Sie meinen, die beste Chance, Monikas Mörder zu finden, wäre, neue Zeugen aufzutreiben. Leute, an die man seinerzeit nicht gedacht hat. Bloß, woher nehmen und nicht stehlen?«

Lars zog das bunte Stirnband herunter und band damit seine Locken zu einem Pferdeschwanz zusammen.

»Man müsste ein Detail finden. In der Persönlichkeit des Opfers.«

»Was meinst du damit?«

»Irgendeine Variable, etwas Individuelles, das dieses Opfer von allen anderen Menschen unterscheidet.«

Mia verstand nicht ganz, worauf er hinauswollte, aber seine Worte gaben ihr das Gefühl, dass von irgendwo frische Luft herbeiströmte.

»Eine Kleinigkeit, die bei den Ermittlungen bisher niemandem ins Auge fiel oder nicht bekannt war. Nein, warte: Diese Kleinigkeit war bekannt, sie lag wahrscheinlich sogar offen vor den Augen aller da, und gerade deshalb hat sie niemand beachtet.«

»Was sollte das sein?«

Lars strich sich über die Stirn. »Jeder Kriminalfall weist etwas Einzigartiges auf. Schwer zu präzisieren, wenn man gar keine Anhaltspunkte hat. Oft handelt es sich um einen speziellen Charakterzug des Opfers, der schließlich zu einer Eskalation führt.«

»Eskalation?«

»Wenn ein Mord geschieht, brennen alle Sicherungen durch.«

Mia lehnte sich zurück. »Müsste man, um das zu beurteilen, nicht die Persönlichkeit des Mörders kennen?«

»Das wäre natürlich einfach. Aber da uns das nicht möglich ist, müssen wir uns auf die Wesenszüge des Opfers konzentrieren.«

Ein individuelles Charaktermerkmal des Opfers. Mia schüttelte den Kopf. »Ich stehe da wie der Ochs vorm Scheunentor. Mir fällt absolut nichts ein.«

»In der Theorie klingt es immer einfacher, als es in der Praxis ist. Um ehrlich zu sein, ich habe nur ein Semester lang ein Seminar in Operativer Fallanalyse belegt.« Er legte den Kopf schief. »Du willst ihn finden, oder?«

»Wen?«

»Den Mörder.«

Sie verschränkte die Arme. »Wie soll ich den Mörder finden? Nach so vielen Jahren! Wenn die Polizei es nicht geschafft hat …«

»Sie war *deine* Freundin. *Du* kanntest sie besser als die Ermittler.«

Womit er recht hatte.

»Deswegen bist du diejenige, die den entscheidenden Hinweis liefern kann.«

Vielleicht lag er richtig. Mia nickte langsam.

»Ich glaube, da ist was Wahres dran.«

11.

Mia packte ihre Kartons aus und räumte die Kleider in den Schrank. Ein Detail, das niemand kannte … Dieser Lars hatte ganz schön den Psychologen raushängen lassen. Dabei machte er jetzt in Möbel.

Widerwillig musste sie zugeben, dass seine Argumente schlüssig klangen. Vorstellbar, dass bereits damals alle Fakten auf dem Tisch gelegen hatten. Dass nur niemand richtig hingesehen hatte. Weil einfach nicht klar war, worauf man den Blick richten musste.

Keiner von Monikas Verwandten, Freunden oder Arbeitskollegen kam als Mörder infrage. Doch vielleicht hatte man nur so gedacht, weil eine winzige Information fehlte. Irgendein Problem womöglich, das Monikas Beziehung zu einer bestimmten Person überschattet hatte.

Nachdenklich faltete Mia die leeren Umzugskartons zusammen. Sie würde sie später in den Keller tragen. Oder nein: Sie machte das besser sofort.

Als sie gerade die engen Stufen hinunterstieg, wurde unten die Haustür geöffnet.

»Mist«, murmelte Mia. Es war zu spät, den Rückzug in ihre Wohnung anzutreten. Die Nachbarin aus dem zweiten Stock, Mädi Kuslowski, walzte bereits die Treppe hinauf.

»Ach, Frau Wagner, na, wie schön, jetzt sehe ich Sie mal. Ich habe mir Heringe geholt. Karwoche. Fischzeit.« Sie lächelte breit.

Mia blieb stehen. Mit den sperrigen Kartons unter dem Arm käme sie auf der engen Treppe kaum am ausladenden Körper ihrer Nachbarin vorbei.

»Grüß Gott, Frau Kuslowski.«

»Was haben Sie Ostern vor? Also, falls Sie Bedarf haben, kann ich Ihnen sagen, wo Sie die besten Heringe bekommen. Wenn Sie mögen …«

»Danke, das ist nett, aber ich bin bei meinen Eltern«, log Mia.

»Ach ja? Ihre Eltern, wohnen die auch in Bamberg?«

»Pardon!« Mia machte nun doch einen Versuch, sich an der Kuslowski vorbeizudrängen.

»Sie haben also endlich ausgepackt.« Die Kuslowski drückte sich an die Wand. Dennoch nahm sie immer noch ziemlich viel Platz ein.

»Ich brauchte noch einen Schrank für das Schlafzimmer.« Diese Frau konnte dermaßen penetrant sein!

»Melden Sie sich, wenn Sie an Karfreitag doch Zeit haben. Ich bin die meiste Zeit allein. Mein Sohn lebt in München, Sie wissen ja, wie das ist, alle wollen nach München. Großstadt!«

Endlich schaffte Mia es, an der Frau vorbeizukommen. Erleichtert hastete sie die Treppe hinunter zum Keller.

»Danke, Frau Kuslowski, das ist wirklich nett. Aber es wird sicher nicht klappen«, rief sie nach oben.

»Nur für den Fall.« Die Kuslowski beugte sich über das Geländer. »Sie leben doch auch allein. Auf Dauer ist das nicht schön, das kann ich Ihnen sagen! Ganz besonders an den Feiertagen. Ostern sollte doch ein Freudenfest sein! Erst das Sterben, danach die Auferstehung.«

Mia stieß die Kellertür auf.

»Tschüss, Frau Kuslowski!« Sie verdrehte die Augen. Dass der Frau, die über ihr wohnte, die Einsamkeit zu schaffen machte, glaubte sie gern. Trotzdem hatte sie nicht vor, aus reiner Höflichkeit zur Therapeutin zu werden.

Nachdem Mia die Kartons in ihrem Kellerabteil verstaut hatte, lauschte sie die Treppen hinauf, ob die Kuslowski noch irgendwo lauerte, weil sie das Gespräch als nicht beendet erachtete. Doch sie schien in ihrer Wohnung verschwunden zu sein. Mia flitzte die Treppe nach oben.

Im Wohnzimmer griff sie nach dem Handy. Ob sie André anrufen sollte? Sie machte sich Sorgen. Diese ganze Sache hatte ihn so aufgewühlt.

Vielleicht hätte sie nichts sagen sollen. Die Phantomzeichnung von Monikas Gesicht einfach vergessen. Zum Teufel, warum hatte sie André nur benachrichtigt? Womöglich hätte er nie von dem Schädelfund erfahren. Wer weiß, ob sich jemand anders bei der Polizei gemeldet hätte, der Monika erkannt hatte.

Eine Nachricht blinkte auf ihrem Display. Die hatte sie vorhin ganz verdrängt. Ihr Vater hatte sich gemeldet.

Liebes, deine Mutter und ich möchten am Sonntagmorgen ganz früh in die Osternachtsmesse. Willst du nicht dazukommen? Wir würden anschließend bei uns frühstücken. Sag Bescheid!

Mia lächelte. Sie hatte die Osternacht von jeher geliebt. Am wertvollsten waren ihr die Stunden, wenn in den verschiedenen Kirchen der Stadt die Glocken zu läuten begannen. Der Garten ihrer Eltern, hoch am Hang, lag ausgesprochen günstig, um das nächtliche Läuten zu genießen. Nach der ungewöhnlichen Stille zwischen Gründonnerstag und Karsamstag war ihr das Osterläuten immer wie ein hoffnungsvoller Aufbruch vorgekommen. Das Leben hatte gesiegt. Wie oft hatte sie im Garten gestanden, lauschend, und hatte versucht, jedes Geläut der passenden Kirche zuzuordnen: Dom, Obere Pfarre, Stefanskirche, Karmelitenkirche, Jakobskirche. Sie war nicht gläubig und ging nur selten zur Kirche, aber die Osternacht war doch etwas Besonderes. Man konnte sich dieser Atmosphäre nicht entziehen. Rundum der Frühling, der Neuanfang. Die Zukunft …

Sie schrieb zurück.

Ich komme gern. Telefonieren wir, wann genau?

Kaum hatte sie die Nachricht gesendet, klingelte das Smartphone.

»Papa«, leuchtete auf dem Bildschirm auf.

»Hallo! Du bist ja schnell«, begrüßte sie ihn grinsend.

»Schätzchen, wie geht es dir?«

»Bist du nicht mehr in der Praxis?«

»Doch, natürlich, ich habe gerade einen Weisheitszahn gezogen und gönne mir eben ein Glas Saft.« Er lachte. »Sag mir, wie es dir geht.«

Mia entschied sich für die abgespeckte Wahrheit. »Ich weiß nicht recht. Heute war ich mit André und der Polizei in dem Waldstück, wo Monikas Schädel gefunden wurde.« Während sie sprach, fiel ihr auf, mit welcher Selbstverständlichkeit sie das Ungeheuerliche aussprach.

»Haben sie dir wieder auf den Zahn gefühlt?«

»Mir nicht so sehr, aber ich fürchte, André steht erneut im Fadenkreuz.«

»Was für ein Schwachsinn! Der arme Mann ist gestraft genug. Können sie ihn nicht in Ruhe lassen?«

Mia hörte, wie Flüssigkeit in ein Glas gegossen wurde.

»Das denke ich mir auch.«

Ihr Vater seufzte. »Es ist wohl nur eine Frage der Zeit, bis die Freunde und Helfer bei deiner Mutter und mir aufschlagen.«

Seltsam, sie fühlte das Bedürfnis, ihren Vater zu beruhigen. »Sicher nur pro forma. Was könntet ihr schon wissen?«

»Tja, sag das mal den Kriminalbeamten.«

»Glaubst du, bei den Ermittlungen damals ist was übersehen worden? Irgendein entscheidendes Detail?«

»Muss wohl so gewesen sein. Anscheinend hatte Monika ein Geheimnis.«

»Wie meinst du das?«

»Ich wette, sie kannte jemanden, von dem niemand etwas wusste. Wahrscheinlich hatte sie einen Geliebten.«

»Monika?«

»Weißt du, Mia, deine Mutter und ich, wir wollten dich damals beschützen. Du warst so jung, so verletzt und unter Schock. Wir wollten dich nicht mit einem so ungeheuerlichen Verdacht belasten.«

»Monika und André – die waren ein Traumpaar!«

»Das war stets Andrés Sicht der Dinge. Er hat Monika vergöttert. Ob das von ihrer Seite genauso war?«

Mia schwirrte der Kopf. Ja, man hatte damals diskutiert, und sie hatte es mitbekommen. Aber verdrängt. Es war zu grotesk. Monika einen Geliebten?

»Und dieser eventuelle Geliebte hat sie umgebracht?«

»In Beziehungen wirken mitunter sehr unschöne Dynamiken. Könnte doch sein, dass er mit der Heimlichtuerei nicht zurechtgekommen ist.«

»Darauf gab es nicht den geringsten Hinweis!« Mias Herz schlug schneller.

Im Hintergrund sprach jemand mit Mias Vater. Er antwortete rasch. Mia verstand die Wörter »Schmerzen« und »Notfall«.

»Ich muss weiterarbeiten, Liebes. Halte mich auf dem Laufenden, ja?«

»Mach ich, Papa.«

Mia legte auf.

12.

Dass seine erste Ehe ein Flopp war, hätte er schon vorher merken können. Vor dem Desaster, das sein Leben ins Chaos gestürzt hatte. Sie waren einfach nicht füreinander geschaffen. Solche Dinge gab es. Manche Paare schienen tatsächlich ein Herz und eine Seele. Früh gefreit, nie gereut. Das Sprichwort schoss ihm durch den Sinn.

Nun gut, er hatte seine Entscheidung korrigiert und hätte sich gern früher scheiden lassen, wenn das mit Daphne nicht gewesen wäre. Die Kleine war ihm auf die Schliche gekommen. Dabei war er immer so vorsichtig gewesen. Ob Jakob sich daran erinnerte? Er war ein Knirps gewesen. Um die vier Jahre. Mochte sein, dass noch eine Gedächtnisspur da war, irgendwelche Nanopartikel. Jedoch bestimmt nichts, was er bewusst hervorholen konnte, um seinen Vater damit zu konfrontieren. Schon vor der Scheidung hatte seine Ex ihm Jakob entzogen. Er musste gestehen: Sie hatte recht gehabt. Seine Emotionen waren damals hochexplosiv, die Zündschnur kurz. Und nach der Sache mit Daphne …

Jakob hatte viel geweint als Baby. Das hatte ihn genervt. Er war beruflich extrem eingespannt gewesen, immerhin musste er Geld heimbringen für die vielen Wünsche und Bedürfnisse von Frau und Kind.

Zum Zeitpunkt der Scheidung ging Jakob in die zweite Klasse. Kein Kind, das auf seinen Vater fixiert gewesen wäre. Jakob war das typische Mamakind. Im Prinzip war Christine noch während ihrer Ehe längst zur Alleinerziehenden geworden. Ihm selbst war das zupass gekommen.

Bei dem kleinen Fratz, der in Nadjas Bauch heranwuchs, würde alles anders werden. Er war abgeklärter. Lebenserfahrung erdete einen Mann. Zudem war Nadja ein ganz anderer Typ Frau als Christine. Fröhlicher. Stärker.

Manchmal weckte ihn mitten in der Nacht ihre Stimme, er sah das Blut und den erstarrten Blick in den Augen der Toten.

Doch gleichgültig, was die Albträume ihm einflüsterten: Er würde es nicht noch einmal verderben. Dieses Mal nicht. Keinesfalls.

Nadja wusste von Jakob und seiner Ex, obwohl sie keinen von beiden je zu Gesicht bekommen hatte. Er begründete die Distanz damit, dass Jakob ohnehin nichts mit seinem Vater zu schaffen haben wollte. Zudem war er ja volljährig und in einem Alter, wo ein junger Kerl ganz andere Interessen hatte, als die Stiefmutter kennenzulernen. Bisher gab Nadja sich damit zufrieden.

Er stieg ins Auto. Die Fahrt in die Stadt genoss er. Es hatte geregnet, nur kurz. Die Luft roch nun frisch, und das zaghafte Grün in den Gärten schien zu leuchten. Der Himmel riss auf. Rosarotes Licht floss über die Hügel und spiegelte sich in der nassen Straße. So kitschig, als habe jemand ein Foto x-mal durch den Romantikfilter gejagt. Trotzdem schön. Die Osterzeit. Erwartungen. Hoffnungen. Ob man sie verdiente oder nicht.

Nichts würde geschehen. Niemand würde ihn mit dem Schädel in Verbindung bringen. Er würde sich bewegen wie immer, arbeiten, nach Hause fahren und mit seiner schönen Frau auf dem Sofa kuscheln. Er wäre vorsichtig, wozu er sein Handy verwendete, und würde keinesfalls irgendwelche Seiten googeln, die mit dem Schädel zu tun hatten.

Der allabendliche Verkehr floss aus Bamberg heraus, als habe jemand einen Stöpsel gezogen. Das Verkehrsaufkommen wurde immer unerträglicher, er war froh, nicht stadtauswärts unterwegs zu sein.

Er parkte im Parkhaus. Die paar Meter zum *Luitpold* ging er zu Fuß. Drinnen war Happy Hour und das passende Publikum. An der Theke, die sich durch den Hauptgastraum zog, hockten, wie zerfledderte Krähen aufgereiht, die Biertrinker, die auf eine neue Bekanntschaft hofften. Er hätte ihnen gleich sagen können, dass keiner von ihnen bei einer Frau Chancen haben würde. Zu vernachlässigt, zu selbstverliebt, zu alkoholisiert wirkten die meisten. Wahrscheinlich suchten sie ohnehin nur beieinander Trost.

Er hatte einen kleinen Tisch im Wintergarten reserviert. Auf einer Tafel warb man in Schönschrift für den Ostersonntagsbrunch. Draußen sank die Dunkelheit herab. Durch die Panoramafenster sah er Jakob vom Theater herüberkommen, die Hände in den Taschen seiner neongelben Jacke. Ein schlaksiger, junger Mann mit dichtem blonden Haar, das einen frischen Schnitt vertragen würde. Verdammt, wie ähnlich er seiner Mutter sah!

Er winkte seinem Sohn durch die Scheibe zu. Der grinste. Kam herein und klopfte auf den Tisch.

»Hi.«

»Hi, Jakob.«

»Was gibt's Neues?« Jakob schälte sich aus der Jacke und warf sie über die Stuhllehne.

»Neue Jacke?«

»Habe ich mir geleistet. Von meinem Verdienst. Ferienjob.«

Er konnte sich nicht erinnern, dass Jakob bei ihrem letzten Treffen etwas von einem Ferienjob erzählt hätte.

»Du wohnst doch noch bei deiner Mutter?«

»Nicht mehr lange. Ab Mai habe ich ein WG-Zimmer.« Jakob streckte die langen Beine unter den Tisch.

Die Bedienung kam zu ihnen.

»Was darf's sein?«

»Ich nehme einen Cocktail, wenn's recht ist. Happy Hour!«, verkündete Jakob.

»Klar, bestelle dir, was du willst.« Er selbst orderte nur ein Wasser. »Ich muss noch fahren.«

»So ein Pech aber auch.«

»Geht es deiner Mutter gut?«

Jakob legte den Kopf schief. »Ich weiß nicht, warum du sie das nicht selbst fragst.«

Steckte da ein Rest Pubertät in dem Jungen?

»Mittlerweile kannst du das sicher verstehen«, versuchte er, sich verständnisheischend zu geben. »Wenn einmal der Wurm in einer Beziehung drin ist, fällt es schwer anzuknüpfen. Mag ja sein, dass ich sie gern anrufen würde, aber dann wage ich es doch nicht. Ich will sie nicht aus der Fassung bringen.«

»Sie hat nie schlecht über dich geredet.«

»Das freut mich natürlich. Also geht es ihr gut?«

»Sie arbeitet viel und singt im Chor, trifft sich mit Freundinnen. Solche Sachen.«

»Immer derselbe Trott also?«

»Ich würde nicht von Trott sprechen. Sie ist glücklich mit ihrem Rhythmus.«

»Was habt ihr zu Ostern vor? Fahrt ihr mal weg?«

Jakob schüttelte den Kopf. »Nein, kein Bedarf.«

»Ich habe das Gerücht gehört, in letzter Zeit hätte es ein bisschen Aufregung gegeben.«

»Wer hat das denn behauptet?« Jakob guckte seinen Vater erstaunt an. »Keine Spur. Hätte ich merken müssen.«

Die Bedienung servierte die Getränke. Jakob nahm

einen blauen Drink mit einem langen Trinkhalm entgegen.

»Sie weiß doch, dass du dich mit mir triffst?«

»Heute nicht. Sie hat Chor. Wir haben uns heute noch gar nicht gesehen. Ich hab' ein bisschen länger geschlafen.«

»Studentenleben, was?« Er lachte, gab sich kameradschaftlich. »Gefällt dir dein Studium noch?«

»Es macht Spaß.« Jakob nuckelte an seinem Drink.

»In Bamberg spricht sich viel herum. Manches ist natürlich Unsinn. Sie hat nichts erzählt? Oder wirkte erschüttert oder so?«

»Meine Fresse!« Gereizt zog Jakob eine Grimasse. »Wenn du mich aushorchen willst, schreib mir doch nächstes Mal eine Nachricht, dass der KGB mich sprechen will.«

Er versuchte, es ins Lustige zu ziehen. »Man merkt, dass du Geschichte studierst. Wissen deine Altersgenossen denn, was der KGB war?«

»*War*? Wohl eher *ist*. Präsens!« Jakob rührte mit dem Trinkhalm in seinem Cocktail. »Ich habe ein Seminar zum Thema Warschauer Pakt belegt. Das ist wirklich extrem spannend. Die KGB-Seilschaften gibt es nämlich weiterhin, sie haben niemals aufgehört zu existieren.«

»Sieh mal an.« Er nahm sich fest vor, dieses Detail nicht zu vergessen: Sein Sohn interessierte sich für den ehemaligen Ostblock.

»Das sollte ja nicht so neu für dich sein«, fuhr Jakob trocken fort. »Im vergangenen Herbst hatte ich eine Vorlesung über das Wendejahr 1989 belegt. Du hast mich darüber ausgefragt und mir erzählt, was du am 9. November 1989 gemacht hast. Als die Grenze plötzlich offen war.«

Beim besten Willen konnte er sich nicht daran erinnern, mit Jakob über solche Dinge geredet zu haben.

»Und bei dir so?«, wollte Jakob wissen. »Ist das Baby schon auf der Welt?«

Verdattert starrte er seinen Sohn an.

»Du bist neulich mit deiner neuen Frau durch die Fußgängerzone spaziert. Sie schiebt einen ganz schön dicken Bauch vor sich her.«

Verfluchte Kleinstadt.

»Nein, der kleine Fratz ist noch nicht auf der Welt. Geburtstermin ist der 2. Mai.«

Jakob zuckte die Achseln. Mit einem Schlürfen leerte er sein Glas.

»Ich muss wieder.« Er erhob sich, griff nach der Jacke, nickte seinem Vater zu und ging davon. Als verabschiede er sich von einer kurzfristigen Kneipenbekanntschaft.

Er sah zu den Männern an der Theke hinüber. Wahrscheinlich bin ich das auch, dachte er. Ein zerfleddertes, ausrangiertes Subjekt.

13.

Mia stellte das Rad gegenüber von Andrés Wohnung ab. Er saß in der hell erleuchteten Küche. Brütete über einer Zeitung. Neben ihm stand ein Glas. Ihr krampfte sich der Magen zusammen, als sie ihn so sah. Entschlossen schlängelte sie sich durch die dicht an dicht stehenden Autos. Es war kurz nach 18.30 Uhr, der übliche Verkehrsinfarkt in der Innenstadt.

Sie klingelte.

»Mia?« André riss die Tür auf. »Was treibt dich hierher?«

»Ich konnte nicht mehr allein sein. Entschuldige, wenn ich störe.«

»Du störst nicht. Komm rein.«

Sie folgte ihm in die Küche. Er wirkte müde, aber nicht betrunken.

»Wie geht es dir?«, fragte sie. »Wahrscheinlich ist die Frage total daneben, aber was soll ich sonst sagen?«

Er nahm sie bei den Schultern. »Hör auf mit diesen Floskeln. Wir haben uns immer gut verstanden, Mia. Es geht mir nicht besonders. Heute Morgen dachte ich noch, ich würde den Tag nicht überleben. Denkste, ich atme noch. Setz dich.«

»Danke.«

Er ging zum Kühlschrank. Verstohlen griff sie nach dem Glas mit der durchsichtigen Flüssigkeit und roch daran. Nichts. Nur Wasser.

»Ich trinke nicht, falls du das fürchtest.« Er kam zum Tisch, die Hände voller Lebensmittelpackungen. »Wenn mir eines klar geworden ist bei der Polizei, dann dies: Ich habe ein Leben. Anders als Monika. Die hat keins mehr. Und irgendwas Sinnvolles werde ich damit anfangen. Ich bin doch noch nicht mal 50, zum Teufel!« Er schüttelte den Kopf, als staune er über sich selber. »Ich war einkaufen. Nur ein paar Delikatessen aus dem Geschäft vorne an der Kreuzung. Ich will diese Tage stilvoll rumbringen.«

Er stellte Krabbensalat, Wurstsalat, Mozzarellaröllchen und Oliven auf den Tisch.

»Dazu Ciabatta. Italienischer Abend.«

»Du hast geahnt, dass ich komme.«

»Wenn du nicht aufgeschlagen wärest, hätte ich mir Sorgen gemacht. Was war mit deinem Schrank?«

»Ich habe ihn bei einem Trödelhändler namens Lars gekauft. Er hat ihn gleich zu mir gebracht und auch noch aufgestellt.«

»Schön.« André schnitt das Weißbrot auf.

»Daran hatte ich nicht gedacht, als ich auf die Kleinanzeige geantwortet habe. Dass ich den Schrank gar nicht transportieren kann.«

»Schluck Wein? Du musst keine Angst haben, ich betrinke mich nicht.«

»Also gut.«

André angelte eine Flasche Pinot blanc aus dem Kühlschrank. »War er nett, dieser Lars?«

Mia musste lachen. »Wo denkst du hin?«

»Stehst du auf Frauen?«, fragte André schmunzelnd.

»Quatsch!«

»Na dann.« Er entkorkte die Flasche, goss zwei Gläser voll. »Auf das Leben und die Liebe.«

Er kam ihr zu euphorisch vor.

»Was hältst du von diesem Kommissar Eyrich?«

»Einer, der seine Arbeit gut macht. Vielleicht eine Spur zu ehrgeizig. Bediene dich.«

Mia griff nach den Oliven. »Danke. Ich habe den ganzen Nachmittag nachgedacht. Und … vielleicht hat die Polizei damals ein Detail übersehen, das die Sache vorangebracht hätte.«

»Was sollte das sein?« André hielt ihr den Brotkorb hin.

»Ich weiß es eben nicht. Aber dass jemand mordet – da muss doch etwas vorausgegangen sein. Ein Streit, eine Eskalation!« Sie ahmte Lars nach und merkte es.

»Eyrich deutete an, dass Monika eventuell zur falschen Zeit am falschen Ort war. So was kommt vor. Sie hat etwas gesehen, was nicht für ihre Augen bestimmt war, und wurde als Zeugin aus dem Weg geräumt.«

»Denkt er das ernsthaft?«

»Jemand kann ihr Auto vom Büro zu dem Wanderparkplatz gefahren haben. Ohne Monika drin.«

»Aus dem Büro kann niemand sie verschleppt haben! Da sind x Leute tagsüber, das wäre doch aufgefallen.«

»Natürlich. Aber sie kann jemanden freiwillig mitgenommen haben.« André trank einen Schluck Wein. »Ich weiß nicht, Mia. Heute kam es mir so vor, als wollte mir Monikas Schädel sagen: Gib Ruhe. Es ist vorbei.«

Mia betrachtete seine dunklen Augenringe, die trübseligen Hängebacken. All die über die Jahre gespeicherte Traurigkeit.

»Bei mir war es genau umgekehrt.« Sie lachte, als sei sie peinlich berührt. »Ich hatte den Eindruck, ich soll unbedingt rausfinden, wer sie umgebracht hat.«

»*Du* willst das rausfinden? Ich bitte dich.« André nahm sich vom Wurstsalat. »Wie willst du das anstellen!«

»Wir beide kannten Monika doch 1000 Mal besser als sonst jemand. Vor allem du. Für die Polizei hingegen ist sie ein unbeschriebenes Blatt.«

»Selbst wenn das so ist: In den vergangenen elf Jahren hat uns unser Wissen nicht viel geholfen.«

Andrés Handy läutete.

»Entschuldige.« Er griff danach und ging ins Nebenzimmer.

Nachdenklich nippte Mia am Wein. Mit Lars hatte sich der Gedanke, nach Monikas Mörder zu suchen, völlig anders angefühlt. Lars – der Psychologe, der in Trödel machte. Und sie – die Kunsthistorikerin, die nichts machte. Ihre Planlosigkeit ging ihr selbst auf den Geist, sie musste endlich in die Gänge kommen. Wenn es ihr nur nicht so schwerfiele, sich den erneuten Bewerbungsabsagen auszusetzen! Diese Standardantworten deprimierten sie. »Leider konnten wir uns nicht entscheiden, Sie in die engere Wahl für die Besetzung der Stelle zu ziehen …« Sie war keine 30 und fühlte sich ausrangiert. Wie ein altes Möbel. Sie musste grinsen. Die Metapher passte zu ihrem Nachmittag.

»Was ist so lustig?« André kam herein. Legte das Handy weg.

»Nichts, ich …«

»Das war Carsten.«

»Mein Vater?«

»Ja, er wollte mir nur sagen, dass er und Simone natürlich hinter mir stehen und ich immer zu ihnen kommen kann, wenn ich sie brauche. Er hat mich zum Osterfrühstück eingeladen. Ich denke nicht, dass ich mich dazu aufraffen kann.«

»Ihr hattet nicht mehr viel Kontakt in letzter Zeit, oder?«

»Leider nicht. Ich mag deine Eltern nach wie vor sehr, aber unsere Freundschaft war doch eine zwischen zwei Paaren. Es macht keinen Spaß, sich als fünftes Rad am Wagen zu fühlen.«

»Wie lange kanntet ihr euch eigentlich schon, bevor du und Monika in die Nachbarschaft gezogen seid? Das waren doch viele Jahre, oder?«

»Ja, Monika kannte die Familie Hofstetter gut, bei denen du manchmal auf den kleinen Jungen aufgepasst hast. Weißt du das noch? Jedenfalls, die Hofstetters waren mit deinen Eltern eng befreundet, und so kamen wir zusammen. Eine richtige Clique. Grillfeste, Glühweintrinken, Geburtstagsfeten …«

Mia lächelte. »Ja, der Kleine war echt süß. Nur hatte ich irgendwann keine Lust mehr auf den Babysitterjob. Ich kann mich gar nicht entsinnen, wieso ich dort nicht mehr hinging.«

»Ich glaube, sie engagierten ein professionelles Kindermädchen.«

Irgendwas klingelte bei Mia, aber sie konnte es nicht greifen.

»Mit den Hofstetters hast du nichts mehr zu tun?«
»Nein, schon lange nicht mehr. Noch Wein?«

14.

Die Sonne blendet. Aus dem Garten hört man Kindergeschrei und Vogelgezwitscher.

»Mia? Kommst du nicht mit raus?« Die Stimme ist körperlos und weich.

»Nein, ich habe Halsweh.«

Sie hat wirklich Halsschmerzen. Die Kehle krampft sich zusammen. Beim Schlucken tut ihr alles weh.

»Schade.«

Eine Biene summt an Mias Kopf vorbei. Sie wischt sich über die Augen. Alles ist mit einem Mal neblig. Der Schleier reißt auf, und sie sieht einen Hang voller Blumen, dahinter einen Wald, der von einem Felsplateau gekrönt wird.

Plötzlich kreischt ein Kind. Erschrocken, panisch. Eine laute Männerstimme antwortet. Harsch. Mia krümmt sich zusammen. Dann der Ruf einer Frau. »Daphne?«

Lasst mich in Ruhe, ich will nichts wissen. Der Gedanke überflutet Mia heiß. Eine Gestalt kommt näher. Ein Schatten, der die stechende Sonne ausblendet.

»Na, Mia, wie geht es dir? Kann ich etwas für dich tun?«

Fass mich nicht an!, will Mia schreien, doch es kommt nur ein Krächzen aus ihrem schmerzenden Hals.

Mia schreckte hoch.
Nur ein Traum!

Gott sei Dank. Sie ließ sich in die Kissen zurücksinken. Das Nachtlicht sandte einen grünlichen Schein in das dunkle Zimmer. Dennoch schaltete Mia die Lampe auf ihrem Nachttisch an. Sie war schweißgebadet, ihr Herz hämmerte wie verrückt.

Sie stand auf, ging in die Küche und goss sich ein Glas Milch ein. Was für ein perverser Traum. Diese Stimme, die sie schließlich aus dem Schlaf gerissen hatte … Sie wusste nicht, wo sie die schon mal gehört hatte. Der Moment war ihr so real vorgekommen. »Na, Mia, wie geht es dir? Kann ich etwas für dich tun?« Wer hatte das zu ihr gesagt? Und wann? Oder hatte ihr Unterbewusstes ihr einen Streich gespielt?

Sie sah aus dem Fenster. Die Straße lag ganz ruhig da. Zu viel Stille in der Welt. Raum, der frei wurde für scheußliche Fantasien. Mia schaltete das Radio ein. Nachtprogramm. Eine jazzige Melodie legte sich über das Schweigen.

Na, Mia, wie geht es dir? Kann ich etwas für dich tun?

Sie kannte diese Stimme, und jemand hatte genau diesen Satz zu ihr gesagt. Ein Mann.

Aber wann?

Es war erst 48 Stunden her, seit sie von dem Schädel im Wald gelesen hatte. Ein Schädel im Wald, das gehörte eindeutig in einen Albtraum. Früher hatten sie und ihre Freundinnen einander leidenschaftlich gern Spukgeschichten erzählt, das war so eine Phase, sie waren elf, zwölf Jahre alt, und immer spielten diese Märchen in Burgen, die sich in endlosen Wäldern verbargen, aus denen es kein Entrinnen gab.

Ob jemand Monika in den Wald verschleppt hatte?

Mia glaubte, eine Ahnung jener Angst zu spüren, die ihre Freundin erlebt haben musste. Sie stellte das Milchglas weg. Die Jazzmusik verklang, der Sprecher sagte: »5 Uhr.« Mia schaltete das Radio wieder aus.

Na, Mia, wie geht es dir? Kann ich etwas für dich tun?

»Scheiße!« Mia schlug mit den Fäusten gegen die Fensterscheibe. Sie hatte zu viel weggesteckt. Verdrängt, zugelassen, dass Dinge überlagert wurden. Das durfte nicht mehr geschehen. Lars hatte recht. Irgendwo tief drin keimte der dringende Wunsch, Monikas Mörder zu finden.

Und Daphnes.

MITTWOCH DER KARWOCHE

15.

»Störe ich?« Doktor Carsten Wagner stand in der Tür, einen großen Strauß Forsythienzweige in der Hand.

»Papa! Bist du nicht in der Praxis?«

»Ich mache heute meine Runde in den Seniorenheimen. Die mobile Praxis für die immobilen Patienten, du weißt schon.«

Mia roch sein Aftershave, einen Hauch von dem Waschmittel, mit dem im Haus ihrer Eltern gewaschen wurde, und auch eine Prise Zahnarztgeruch. Unvermeidlich.

»Komm rein!«

»Ich dachte, du könntest vielleicht etwas Österliches brauchen.« Ein wenig unbeholfen hielt er ihr den Strauß hin.

»Danke. Ich habe bisher gar nicht an Osterdeko gedacht.«

»Wir frühstücken doch zusammen am Sonntag?«

»Klar! Hast du meine Nachricht nicht gesehen?«

»Ich wollte nur noch mal nachfragen. Begleitest du uns in den Dom zur Osternacht?«

»Ja, habe ich vor.« Rasch legte Mia die Zweige ab. Monatelang war sie in keiner Kirche mehr gewesen. Aber hatte sie nicht ausgerechnet jetzt ein wenig Seelentrost nötig? Und sollte auf die ganze Dunkelheit nicht endlich wieder Licht folgen? »Ich stelle das gleich ins Wasser. Möchtest du Kaffee?«

»Warum nicht. Heute kann ich es mal langsam angehen lassen. Morgen bestellen wir keine Patienten. Ich brauche den freien Tag für den Papierkram, und deine Mutter kümmert sich um die Einkäufe für Ostern. Am Karfreitag sind wir bedauerlicherweise zum Notdienst eingeteilt.«

Sie schaltete den Wasserkocher ein. »Gestern war ich bei André.«

»Bist ein gutes Mädchen.« Carsten Wagner ließ sich an dem schmalen Küchentisch nieder. »Er weiß deine Unterstützung bestimmt zu schätzen. Ich habe ihn zum Osterfrühstück eingeladen, aber wie es aussieht, will er nicht kommen.«

Mia stellte Tassen und Milch auf den Tisch. »Die Trauer kann ihm keiner abnehmen.«

»Wohl wahr.«

»Er meinte, er wäre deshalb nicht mehr so oft mit euch zusammen, weil er sich nicht als fünftes Rad am Wagen fühlen will.«

»Das kann ich gut nachvollziehen.« Carsten räusperte sich. »Wir haben als Paare immer viel miteinander unternommen. Wenn dann ein Mensch fehlt, verändert sich die ganze Konstellation. Und ich denke, André hatte einfach genug mit sich selbst zu tun. Ist er sehr einsam?«

»Ich habe nicht den Eindruck, dass sein soziales Leben nur so brodelt.« Mia goss Kaffee auf. »Dafür könnt ihr natürlich nichts.«

Carsten seufzte. »Was für eine Tragik. Wenigstens haben wir jetzt den Beweis, dass Monika tot ist. Ich meine, das klingt, wenn man es ausspricht, entsetzlich. Aber André kann endlich seinen Frieden machen.« Er starrte vor sich auf die Tischplatte. »Wir alle.«

»Wenn man die ganze Leiche gefunden hätte, vielleicht.«

»Du hast natürlich recht.« Carsten senkte die Stimme.

»Hier, soll ich dir eingießen?« Mia hob die Kaffeekanne.

»Gern.«

»Habt ihr eigentlich noch Kontakt zu den Hofstetters? André sagte, Monika kannte die Familie gut, deshalb wärt ihr alle überhaupt erst zusammengekommen.«

Carsten verbrühte sich am Kaffee. »Ja, das stimmt, Monika war mit Christine Hofstetter befreundet. Kannst du dich an sie erinnern?«

»Natürlich. Ich habe manchmal auf den kleinen Sohn aufgepasst.«

»Der muss mittlerweile so gut wie erwachsen sein. Die Hofstetters haben sich übrigens scheiden lassen.«

»Echt?«

»Ja, 2008, kurz vor Monikas Verschwinden. Seitdem arbeitet Christine wieder in ihrem alten Job an der Uni. Personalabteilung. Ihre Arbeit hatte sie sehr vermisst, als sie mit dem Kleinkind draußen auf dem Dorf hockte.«

Perplex starrte Mia ihren Vater an. »Meinst du, das ist ein Zufall? Das mit der Scheidung?«

»Weshalb? Es gehen so viele Ehen nicht gut … Und die Hofstetters hatten sich schon ein Jahr vorher getrennt. Zwischen ihnen klappte es längst nicht mehr.«

Mia brach der Schweiß aus. Unvermittelt. Sie begriff nicht, warum. Ihr Herz schlug heftig. Ihre Finger umklammerten die Kaffeetasse.

Ihr Vater schien nicht zu merken, wie aufgewühlt sie war. Er lächelte, als er sagte:

»Das kommt vor, Mia. Es hat sicher nichts mit Monikas Verschwinden zu tun.«

»Ihr wart zu dem Zeitpunkt schon keine richtige Clique mehr, oder?«

»Wie kommst du darauf?«

»Weil ich noch weiß, dass wir irgendwann nicht mehr zu den Hofstetters fuhren.«

»Ja, das schlief irgendwann alles ein.«

»Wegen Daphne?«

Es wurde still im Raum.

Mia betrachtete ihren Vater: Wie gut er rasiert war, wie seine Augen strahlten. Und wie er sich mit einem Mal von ihr zurückzog.

»Was meinst du?«

»Ich habe keine Ahnung, Papa. Ich finde nur, dass zwei verschwundene Menschen mindestens einer zu viel sind. Oder? Selbst wenn 15 Jahre dazwischenliegen.«

16.

Es war keine große Sache, Pius Geuters Adresse in der Memmelsdorfer Straße zu recherchieren. Mia radelte hin. Sie fürchtete, der Hauptkommissar a. D. und ehemalige Leiter der Vermisstenstelle würde sie abwimmeln, wenn sie ihn zuvor anrief. Vielleicht war ihr Besuch ein allzu eilfertiger Schnellschuss. Aber wenn sie ihn jetzt nicht aufsuchte, würde sie es wahrscheinlich nie mehr tun.

Die Luft war milder als am Tag zuvor, und Mia hatte den Eindruck, als könne sie den Frühling riechen. Vor dem Bahnhof parkten ein paar Reisebusse, und große Lkws mit Anhänger pressten sich durch die schmalen Fahrspuren Richtung Hallstadt. Sie fühlte sich von dem Verkehr schier erdrückt, als sie links abbog und beinahe ein entgegenkommendes Motorrad übersehen hätte. Mit klopfendem Herzen hielt sie vor dem Haus, in dem Geuter wohnte. Ihr Kopf brummte.

Wenn ich das wirklich tue, bleibt kein Stein auf dem anderen.

Sie schloss ihr Rad ab und drückte auf die Klingel.

Ein Mann öffnete. Er war runder, als sie ihn in Erinnerung hatte, und kahler. Eine Lesebrille saß auf seiner Nase, in der Hand hielt er den *Fränkischen Tag*.

»Ja bitte?«

»Mia Wagner. Entschuldigen Sie, dass ich Sie unangemeldet überfalle …« Die Worte gingen ihr aus.

Was mache ich hier!

»Mia Wagner?« Er ließ die Zeitung sinken. »Das ist lange her.«

»Sie erinnern sich?«

»Natürlich. Der Fall Monika Böhme.« Er betrachtete sie nachdenklich über den Rand seiner Brille hinweg. »Kommen Sie rein.«

Mia folgte ihm.

»Kann ich Ihnen was anbieten? Vielleicht einen Tee?«

»Nein, nichts. Danke.« Mia sah sich in dem niedrigen Wohnzimmer um. Eine Couch, ein Tisch, zwei Sessel. Vollgestopfte Bücherregale. Auch auf dem Boden, den Sesseln, dem Tisch lagen Bücher. Außerdem Notizblöcke, Zeichenhefte, Stifte. Zeitungen. Magazine. Aus einer altmodischen Stereoanlage tönte klassische Musik.

»Ich bin vor ein paar Jahren aus unserem Haus am Kaulberg ausgezogen. Habe mich verkleinert. Meine Frau ist gestorben. Ich brauche nicht mehr viel Platz, dachte ich.« Er machte eine Handbewegung, die das gesamte Zimmer einschloss. »Anscheinend lag ich damit falsch.«

»Haben Sie von dem Schädel gehört?«

»Sicher. Hanne Schuster hat mich angerufen.« Er wies auf das Sofa. »Bitte.«

»Ich ...« Mia ließ sich aufs Sofa sinken. Erst jetzt setzte sich auch Geuter. »Ehrlich gesagt, ich weiß plötzlich gar nicht mehr, warum ich zu Ihnen gekommen bin. Ich bin ganz durcheinander.«

Geuters Augen richteten sich aufmerksam auf Mia. Sie kannte diesen Blick. So hatte er sie damals angesehen. Vielleicht hatte seine absolute Konzentration dieses Vertrauen in ihr wachsen lassen. Dass er wusste, was er tat. Dass er ehrlich war. Nichts beschönigte. Sich Zeit ließ. Abwog.

»Es ist nur zu verständlich, dass Sie wie vor den Kopf geschlagen sind.«

»Ich habe Monika Böhme auf der Phantomzeichnung sofort erkannt. Wir waren befreundet. Gut befreundet. Sie wissen das ja. Also rief ich ihren Mann André an.«

Geuter nickte. Es schien, als wollte er ihr Zeit lassen, mehr zu sagen, doch die Ruhe, die er ausstrahlte, machte Mia auf unerklärliche Weise ungeduldig. Ihr war zum Heulen zumute.

»Hanne Schuster ist Ihre Nachfolgerin?« Irgendwie musste sie die Fassung wiedergewinnen.

»Das ist richtig. Die Sache mit dem Schädel ist recht spektakulär. Sie rief mich an, weil ich seinerzeit mit dem Fall befasst war.«

»Wissen Sie etwas, das nicht in den Akten steht?«, platzte es aus Mia heraus.

»Nein, ich weiß nichts, was nicht in den Akten steht. Die Fakten liegen vor, sie sind protokolliert. Aber ein Mensch macht sich nicht nur Fakten zu eigen. Er sammelt auch Eindrücke, wägt ab, liest zwischen den Zeilen, sucht nach versteckten Hinweisen. Man kann dies jedoch nicht als sicheres Wissen bezeichnen.« Er legte den Kopf schief. »Ist es nicht so?«

Mia nickte.

»Ich hole uns wohl doch etwas zu trinken.« Er stand auf, verließ das Zimmer und kam mit einer Flasche Almdudler und zwei Gläsern wieder. »Meine Frau liebte dieses süße Zeug. Ich bringe es nicht übers Herz, keine Limonade zu kaufen, wenn ich im Supermarkt bin.«

Mia sah zu, wie er die Gläser vollgoss. Seine Hand zitterte ein wenig.

»Bitte.«

Sie griff nach dem Glas.

»André Böhme und ich, wir waren bei Frau Schuster. Und bei Harald Eyrich. Dem Chef der Mordkommission. Wir waren sogar im Wald an der Fundstelle.« Sie trank.

Geuter betrachtete sie. Sein Interesse war geweckt. Es war wie damals. Er drängte sie nicht. Er wartete einfach ab.

»Heute Nacht hatte ich einen Traum. Vielleicht glauben Sie mir nicht. Ich … ich hatte es vergessen. Das mit Daphne.«

»Ich glaube Ihnen.« Er nickte ihr aufmunternd zu. »Reden Sie weiter.«

»Plötzlich hatte ich das Gefühl, es kann nicht stimmen, dass zwei Menschen verschwinden. Dass ich das zwei Mal erlebe. Verstehen Sie?«

»Einen vertrauten Menschen zu verlieren, ist entsetzlich. Wenn dann noch Unsicherheit dazukommt, man nicht erfährt, was wirklich geschehen ist, wenn man nicht Abschied nehmen kann, ist das umso schmerzlicher.«

»Sie haben doch den Fall Daphne bearbeitet. Was, wenn auch sie ermordet wurde?«

»Das ist eine Frage, die ich mir viele Male gestellt habe. Es gab damals einfach zu wenige Anhaltspunkte, um überhaupt irgendetwas mit Sicherheit sagen zu können. Ein äußerst unbefriedigendes Resultat für einen Ermittler.«

»Zu Monika gab es auch keine Anhaltspunkte. Ich meine, dass sie Opfer eines Mordes wurde, damit hat doch keiner gerechnet. Bis der Schädel auftauchte!«

Geuter nickte bedächtig. »Das ist korrekt. Ich denke seit Hannes Anruf darüber nach.« Er griff nach einem Stift und zog einen Block unter einem Bücherstapel hervor. »Daphne Fiederer, verschwunden am 20.August 2004. Und Monika Böhme, verschwunden am 11.April 2008.« Er kritzelte auf das Papier.

Er hat die Daten komplett im Kopf!

»Daphne war die Babysitterin der Hofstetters. Ich war mit meinen Eltern am Tag ihres Verschwindens bei der Familie Hofstetter zu Besuch. Die Böhmes ebenfalls. Daphne war auch da. Es gab ein Sommerfest. Die Hofstetters wohnten in Ludming. Am Ortsrand. Ein riesiges Grundstück.« Durstig trank Mia ihren Almdudler aus. »Daphne ging es nicht gut. Sie hatte Bauchschmerzen. Ingo Hofstetter fuhr sie deshalb nach Hause, obwohl sie eigentlich mit dem Rad gekommen war. Sie wohnte im Nachbardorf.«

»Aber ihre Eltern haben sie dort nicht angetroffen, als sie einen Tag später von einer Kurzreise heimkehrten.«

»Hat Ingo Hofstetter sie umgebracht?«

»Er war der Hauptverdächtige, schließlich war er der Letzte, der sie lebend gesehen hatte. Aber wir konnten ihm nie irgendwas nachweisen. Er sagte aus, er hätte Daphne heimgebracht und gewartet, bis sie im Haus war. Dass er sie heimfuhr, bestätigten alle anderen Erwachsenen, die auf der Feier gewesen waren.«

»Wann sonst hätte Daphne verschwinden sollen? Und warum überhaupt?«

»Sie war über das Wochenende allein zu Hause. Die Eltern waren verreist. Sie war 17, beinahe volljährig und ein recht freiheitsliebendes junges Mädchen. Den ganzen

Sonntag lang hätte sie irgendwo hingehen und dort verschwinden können.« Geuter räusperte sich. »Wir haben ihren Freund in die Mangel genommen. Der hatte ein Alibi.«

Mia sah auf ihre Hände.

»Warum brauchten die Hofstetters an dem Tag überhaupt eine Babysitterin?«

Geuter zuckte die Achseln. »Sie wollten, dass der kleine Junge betreut war, während sie die Feier vorbereiteten und später mit den Gästen zusammensaßen.«

»Nachher habe *ich* manchmal auf den Kleinen aufgepasst.«

Geuter nickte, als sei das nur natürlich.

»Später nicht mehr. Weil ... Ingo Hofstetter ... er wurde ein paar Mal zudringlich.«

Der Hauptkommissar a. D. zog die Augenbrauen hoch.

»Ich habe ihm gesagt, er soll das lassen. Er hat sich danach zurückgehalten, aber ich habe mich dort nicht mehr wohlgefühlt.«

Na, Mia, wie geht es dir? Kann ich etwas für dich tun?

»Nur zu verständlich.«

»Ich habe mir gedacht, vielleicht hat er Daphne auch begrapscht.«

»Das ist durchaus denkbar«, sagte Geuter bedächtig. »Von Daphne haben wir allerdings keine diesbezügliche Aussage.«

»Haben Sie denn diese Möglichkeit ins Auge gefasst?«

»Welche Möglichkeit?«

»Dass Ingo Hofstetter sie betatscht hat.«

»Wie gesagt, nur Daphne hätte uns das sagen können. Wir haben ihre Eltern sehr genau befragt. Ob Daphne ihnen Sorgen anvertraut hätte und solche Dinge. Sie sagten nichts von Übergriffen. Hätte Daphne ihnen davon berichtet, hätten sie das sofort der Polizei gemeldet.«

»Ich habe meinen Eltern auch nichts gesagt.« Mia dachte an Lars.

Man müsste ein Detail finden. In der Persönlichkeit des Opfers. Etwas Individuelles, das dieses Opfer von allen anderen Menschen unterschied.

»Eine normale Reaktion bei Grenzverletzungen dieser Art.«

Mia gelang es zum ersten Mal, Geuter offen in die Augen zu sehen. »Was machen wir mit dem Problem, dass vier Jahre später aus diesem Freundeskreis, der damals ein Sommerfest feierte, wieder jemand verschwand? Hört das nie auf?«

Geuter faltete die Hände, als wollte er beten. »Es ist unbefriedigend, einen Fall nicht abschließen zu können. Daphnes Eltern haben immer noch Kontakt zu mir. Sie fragen alle paar Monate nach, ob es etwas Neues gibt.«

»Bei Ihnen?«

»Ich agiere als Schnittstelle zwischen ihnen und den aktiven Kollegen. Vermisstensuche ist eine Sache des Vertrauens.«

»Können die Fiederers denn tatsächlich glauben, dass die Polizei nach so langer Zeit etwas Neues herausfindet?«

»Ein längerer Zeitabstand ist nicht unbedingt nachteilig, wenn man etwas über den Verbleib einer verschwundenen Person in Erfahrung bringen will. Leute, die etwas über die Umstände des Verschwindens dieser Person wissen, schweigen vielleicht, solange der Fall heiß ist. Zehn Jahre später kann es anders aussehen, die Gründe für das Schweigen wegfallen. Entweder lebt eine bestimmte Person nicht mehr, oder eine andere Straftat ist verjährt, oder man hat sich aus dem früheren sozialen Umfeld entfernt. Auch Abhängigkeiten, etwa finanzieller Art, können sich verändert haben.«

»Wenn erst jetzt ein Zeuge auftaucht, der wirklich weiß, was mit Daphne passiert ist, und der Polizei gegenüber auspackt – wird der nicht für sein Schweigen bestraft?«

»Schweigen ist selten strafbar. Selbst ein Verdächtiger darf schweigen«, lächelte Geuter.

»Ich nehme trotzdem an, dass es nicht sehr wahrscheinlich ist, noch etwas zutage zu fördern. Nach so langer Zeit. Oder?«

»Wissen Sie, zu Beginn dieses Jahres waren in Deutschland 12.700 aktuelle Vermisstenfälle gespeichert. Täglich werden 200 bis 300 Fahndungen neu erfasst. 50 Prozent aller Fälle klären sich in der ersten Woche auf, 80 Prozent der verbleibenden innerhalb eines Monats. Nur drei Prozent der als vermisst gemeldeten Menschen bleiben länger als ein Jahr verschwunden. Falls keine Aufklärung erfolgt, besteht die Personenfahndung weitere 30 Jahre.«

»Also im Fall von Daphne Fiederer weitere 15 Jahre.« Mia kam die ganze Sache plötzlich hoffnungslos vor. »Und bei Monika?«

»Mord verjährt nicht. Das ist, seitdem der Schädel aufgetaucht ist, eine andere Sache.«

»Diese Verschwundenen, die man nicht findet, also die drei Prozent, von denen Sie sprachen: In diesen Fällen wird doch nicht 30 Jahre lang aktiv gesucht?«

»Nein.« Geuter lehnte sich zurück. »Nur, wenn neue Fakten auftauchen.«

»Oder neue Zeugen.«

»Ja.«

»Vielleicht aus der damaligen Clique?«

»Wie kommen Sie auf die Clique?«

Mia zuckte die Achseln. »Weil ich es auffällig finde, dass Daphne in der Nacht von diesem Grillfest verschwand. Und Jahre später Monika, die beim Grillfest dabei war. Womöglich hat sie etwas mitbekommen, hat herausgekriegt, was wirklich passiert ist. Und wollte nicht mehr den Mund halten. Deshalb hat jemand sie zum Schweigen gebracht.«

Geuter spitzte die Lippen. »Wollen Sie unterstellen, dass der Mörder in der Clique zu suchen ist?«

»Das wäre das Einfachste, oder? Und logisch obendrein.«

17.

Mia radelte in die Innenstadt. Sie würde Christine mit einem Besuch an ihrem Arbeitsplatz überraschen. Die Sonne schien, und als sie in der Kapuzinerstraße vor der Bibliothek der Geowissenschaften ihr Rad abstellte, strömten bereits Studenten, Touristen und Bamberger auf die Straßen, um ihr Mittagessen im Freien zu genießen oder auch nur die neuen Sonnenbrillen einzuweihen. Die meisten hatten Schachteln vom Chinesen um die Ecke dabei, der seit Jahr und Tag mit dem Slogan »Ente gut, alles gut« warb. Mia konnte an Essen nicht einmal denken. Seit dem Gespräch mit Geuter war ihr Magen wie zugeschnürt. Der Hauptkommissar a. D. hatte Mia aus dem Gedächtnis alle Daten, Tatsachen und offenen Fragen rund um Daphnes und Monikas Verschwinden dargelegt. Jede Einzelheit. Wie man es auch drehte und wendete: Die Lösung musste in der Clique liegen. Bei den Böhmes, den Hofstetters und den Wagners. Ihren Eltern. Das zumindest wäre der wahrscheinlichste Weg zur Wahrheit. Wenngleich Geuter deutlich gemacht hatte, dass ohne neue Zeugen oder Fakten wenig Chancen auf Aufklärung bestanden. Wenigstens verjährte Mord nicht. Und Monika war eindeutig getötet worden. Opfer eines Schlächters, der ihren Leichnam hatte verschwinden lassen wollen. Was ihm, zumindest was den Schädel betraf, missglückt war.

Vielleicht war Daphne ebenfalls umgebracht worden. Und sie wussten es nur noch nicht.

Sie rief André an.

»Hi, Mia. Ich bin bei der Arbeit, sorry. Können wir später sprechen?«

»Ich wollte nur erzählen, dass ich bei …«

Im Hintergrund ging etwas zu Bruch.

»Lass uns heute Abend telefonieren!« Abrupt brach André ab.

Klar, er hatte zu tun. Er hatte einen Job, eine Aufgabe. Eine Struktur für den Tag.

Ich habe nichts, dachte Mia frustriert. Es wurde Zeit, dass sie neue Bewerbungen schrieb. Oder wenigstens einen Aushilfsjob annahm. Ihr Vater schoss zwar großzügig weiter die Summe zu, auf die sie sich schon während ihres Studiums hatte verlassen können. Doch sie würde gern auf eigenen Füßen stehen. Zwei Zahnärzte als Eltern und infolgedessen ein krisensicheres Taschengeld – darum hatten manche Kommilitonen Mia beneidet. Wenngleich die Sache schon einmal anders ausgesehen hatte, als die Wagners plötzlich ein hartes Sparprogramm ausgerufen hatten. Mia konnte sich an gestrichene Ferienreisen und aufgeschobene Anschaffungen erinnern.

Im *Caffè am Kranen* saßen die Leute bereits draußen. Alle Plätze waren besetzt. Die *Christel*, eines der beiden Fahrgastschiffe, legte am Kai an. Osterferien, dachte Mia müde. Zeit für Kurzreisen, Abwechslung, ein paar Tage Urlaub. Eine Auszeit. Der Frühling, der alles aufwirbelte. Die Lust am Rausgehen, die Sehnsucht nach dem Neuanfang, nach Aufbruch, danach, einfach wieder Lebensfreude zu wagen.

Ein paar Häuser weiter befand sich die Personalabteilung der Uni und damit Christine Hofstetters Arbeitsplatz.

Ihr Handy gab Laut. Vielleicht hatte André doch eine ruhige Ecke gefunden, um kurz mit ihr zu reden.

»Hallo?«

»Hier ist Lars.«

»Ach, hi.«

»Wollte nur wissen, ob der Schrank noch steht.«

Mia musste lachen. »Hattest du Zweifel an deinen eigenen Fähigkeiten?«

»Nicht unbedingt, aber man kann ja nie wissen. Willst du mit mir auf ein Bier gehen heute Abend?«

»Okay.« Sie sagte zu, ohne lang zu überlegen. Vielleicht sollte sie sich besser heute Abend mit André zusammensetzen. Ihm von ihrem Besuch bei Geuter erzählen.

»Super. Die *Kunni* hat wahrscheinlich Hochbetrieb. Um 5 Uhr? Nicht später, dann wird es zu frisch, um draußen zu sitzen.«

Die *Kunni* war ein Kiosk mit Außensitzplätzen am Kunigundendamm mit Blick auf den Main-Donau-Kanal, der bei schönem Wetter rund ums Jahr betrieben wurde. Einst eine triste Biertankstelle für Dauertrinker, hatte sich der Imbiss zu einem attraktiven Freiluftlokal mit einem starken Angebot an Getränken, Kuchen und kleinen Mahlzeiten entwickelt.

»Ja. Ich komme.«

»Super. Also, um 5 Uhr. Bis nachher!«

18.

Mia betrat das Universitätsgebäude Nummer 20, in dem die Personalabteilung untergebracht war. Hier war es düster und kühl nach der Wärme draußen. Eine Tafel neben dem Eingang informierte über die Abteilungen. Nach kurzem Suchen entdeckte Mia Christine Hofstetters Namen und folgte dem Wegweiser durch das Erdgeschoss. Als sie vor der Tür stand, schlug ihr das Herz bis zum Hals.

Ihre Hand hob sich wie von selbst. Klopfte.

»Ja bitte?«

Mia griff nach der Klinke. Sie hörte, wie drinnen ein Bürostuhl über den Boden rollte, und öffnete die Tür.

»Hallo, Christine«, sagte sie. Ihre Stimme schien zu versagen.

Nichts da. Ich kriege es hin. Ich will alles über Monika wissen, was ich erfahren kann. Also los.

Die Frau, die vor ihr auf dem Stuhl saß und gerade einen Stapel Ausdrucke ablegen wollte, starrte sie an.

»Christine Hofstetter, nicht wahr? Ich bin Mia Wagner. Ich habe früher ab und zu auf Jakob aufgepasst.«

Christine Hofstetter legte die Papiere weg.

»Mia!« Lächelnd stand sie auf. »Meine Güte! Wir haben uns ewig nicht gesehen! Was machst du hier, sag bloß, du fängst bei uns zu arbeiten an?«

Mia, unsicher, ob sie Christine die Hand schütteln sollte oder nicht, schob die Hände in die Jackentaschen.

»Nein, ich … ich wollte mit dir was besprechen. Können wir reden?«

In Christine Hofstetters Blick trat so etwas wie Vorsicht. Nur ein Zögern, das aber schnell wieder verschwand.

»Na gut. Ich wollte ohnehin in die Mittagspause.«

Mia fand, dass Christine sich kaum verändert hatte. Sie wirkte nicht viel älter als vor mehr als zehn Jahren, als Mia das letzte Mal den Babysitter in Ludming gespielt hatte. Das blonde Haar mochte geschickt getönt sein, der Teint durch ein klein wenig Make-up aufgefrischt. Sie trug Jeans und eine weiße Bluse unter einem blauen Blazer, einen Schal, Ohrstecker. Nichts Besonderes. Der übliche Bürostil. Aber die Sachen standen ihr gut. Sie wirkte, als bewegte sie sich auf sicherem Terrain.

»Mein Vater hat mir verraten, dass du hier arbeitest.«

Christine stand auf, schlüpfte in einen Mantel. »Ich habe schon vor der Scheidung wieder angefangen zu arbeiten. Hatte mich ja von Ingo getrennt. Meine Mutter half mir mit dem Kind, bis Jakob in die Ganztagsschule kam. Dadurch ist mein Leben entspannter geworden.«

Mia blickte sich in dem dunklen Büro um. Die Fenster gingen auf eine Nebenstraße hinaus. Die Frühlingssonne kam in der Enge der verwinkelten Altstadt nicht an.

»Gehen wir?« Christine griff nach ihrer Handtasche.

»Ja. Was essen?«

Sie fanden einen Platz im *Caffè am Kranen*. Nicht draußen, natürlich, dafür musste man an so einem Tag ein echter Glückspilz sein, sondern im Gastraum, ganz hinten. Hier herrschte noch die Düsternis der Wintertage. Mia fand das hilfreich. Es kam ihr geradezu unmenschlich vor, das, was sie zur Sprache bringen wollte, bei hellem Sonnenschein loszuwerden.

Sie bestellten die Tagessuppe. Mia nahm ein spritziges Wasser, Christine ein stilles.

»Wie kommt es, dass dein Vater von mir spricht?«

»Hast du von Monika gehört?«

»Monika Böhme? Gibt es was Neues?« Mit einem Mal bemerkte Mia echtes Interesse in Christines Augen, wo zuvor nur leise Skepsis zu erkennen gewesen war.

»Man hat ihren Schädel gefunden.«

»Ihren … was?«

»Ich habe den Artikel zufällig im Netz gefunden.« Mia berichtete. »Das computergenerierte Porträt habe ich sofort erkannt. Daraufhin habe ich André angerufen.«

»Mein Gott, wie schrecklich!«

Die Getränke kamen. Mia trank gierig.

»Wir haben uns bei der Polizei gemeldet. Jetzt ist Monikas Verschwinden offiziell ein Mordfall.«

»Wie kommt ihr Schädel in den Wald, um Himmels willen?«

»Das weiß bislang keiner. Entweder ist sie dort ermordet worden. Anschließend hat der Mörder die Leiche nur ungenügend beseitigt. Oder sie wurde an einem anderen Ort getötet und Tiere haben die Leichenteile verteilt. Der zuständige Kommissar sagte, dass zum Beispiel Füchse ihre Beute oft viele Kilometer weit verschleppen. Man kann nicht mehr rekonstruieren, wo der Schädel vorher lag. *Falls* er woanders lag.«

Christine stützte den Kopf in eine Hand. »Das muss ich erst mal verdauen. Für André muss es entsetzlich sein!«

Die Bedienung brachte die Suppen. Mia spürte auf einmal, wie hungrig sie war. Sie griff nach dem Löffel.

»Ihr hattet nicht mehr viel Kontakt, oder?«, fragte sie.

»Mit den Böhmes?«

»Oder mit meinen Eltern.«

»Für mich war das damals alles ein bisschen viel. Jakob kränkelte oft. Weißt du ja, er weinte und quengelte viel. Dann geschah das mit Daphne. Die Polizei hatte uns monatelang im Visier. Immer wieder standen sie vor der Tür. Riefen an. Sie hatten ganz klar Ingo als Täter auf dem Schirm. Er war völlig fertig.«

Na, Mia, wie geht es dir? Kann ich etwas für dich tun?

»Er hat Daphne heimgefahren.«

Christine sah Mia scharf an. »Das weißt du noch?«

»Klar.«

»Du hattest Halsschmerzen an dem Abend. Wolltest eigentlich nicht mitkommen zum Grillfest, hat deine Mutter gesagt. Und hast dich bald hingelegt.«

Mia nickte. Ihre Mutter hatte ihr in den Ohren gelegen, mit nach Ludming zu fahren. Sie mochte das Grundstück am Wald, die Wiesen, und sie fuhren in jenem Sommer nicht in den Urlaub. Das Grillfest war ihr vorgekommen wie eine kleine Ferienreise, zumal sie auch alle bei den Hofstetters übernachten sollten.

»Meine Mutter meinte wohl, ich bräuchte mal Abwechslung vom Stadtleben.«

Christine lachte trocken. »Na danke. Ich meinerseits habe auf immer genug vom Landleben.« Endlich fing auch sie zu essen an. »Jedenfalls: Unsere Ehe war schon damals kompliziert. Der Druck von außen, der auf Daphnes Verschwinden folgte, gab uns dann den

Rest. Ingo kam aus der Sache nur raus, weil es wirklich nicht den Hauch eines Beweises gegen ihn gab. Ich hatte Sorge um Jakob. Er sollte unter der Situation nicht leiden. Ich versuchte, ihn von dem ganzen Stress abzuschirmen. Vergeblich. Unsere Anspannung übertrug sich auf ihn. Er litt an chronischer Mandelentzündung. Ingo kümmerte sich kaum um ihn. Sobald die Ermittlungen gegen ihn eingestellt waren, lebte er zu 99 Prozent für die Arbeit. Im Grunde fühlte er sich von dem Jungen gestört. Da habe ich die Reißleine gezogen und Ingo verlassen. Zuerst hatte ich Angst, es allein nicht zu schaffen. Jakob war gerade in die Schule gekommen. Alle paar Tage musste er daheim bleiben. Bekam Fieber. Ohne die Hilfe meiner Mutter hätte ich nicht arbeiten können.«

»Wie geht es ihm jetzt?«

»Er studiert.« Stolz sah Christine Mia an. »Geschichte und Englisch. Will Lehrer werden. Stell dir vor! Noch wohnt er bei mir. Ab Mai hat er ein Zimmer in einer WG.«

Mia lächelte. »Schön. Aber wieso fiel die Clique auseinander? Ihr wart doch so eng befreundet.«

Christines Blick wanderte in die Ferne.

»Weißt du, die Polizei dachte, wir hätten alle unter einer Decke gesteckt. Wüssten, was mit Daphne passiert war. Würden uns gegenseitig decken. Drei Paare und eine perfekt abgesprochene Geschichte. Doch das war nicht so. Ingo hat Daphne heimgebracht. Sie abgesetzt, er sah, wie sie ins Haus ging. Ab da verlor sich die Spur. Wahrscheinlich hatte das alles nichts mit uns zu tun. Daphne kann in der Nacht oder am folgenden Sonntag noch mal irgendwo hingegangen sein. Leute getroffen haben. Mit 17 machen Mädchen oft unvernünftige Dinge.«

»Der Kommissar, der damals zuständig war, behauptet, es habe dafür keine Anhaltspunkte gegeben. Niemand hat Daphne nach dem Grillfestabend mehr gesehen. In so einem Dorf beobachten sich die Leute doch gegenseitig.«

»Soweit ich weiß, hat auch niemand bestätigt, dass Ingo Daphne heimbrachte. Trotz aller Neugier guckt man eben nicht ununterbrochen aus dem Fenster.«

»Du meinst, der Verdacht, der auf der ganzen Clique lag, hat euch auseinandergebracht?«

»Ein Jahr nach dem Vorfall, wenn du es so nennen willst, hatten wir keinen Kontakt mehr. Weder mit Böhmes noch mit deinen Eltern. Ich kann nicht einmal sagen, dass es mir leidtat. Monika hat sich anfangs sehr um mich gekümmert. Mir mit Jakob geholfen, wenn meine Mutter keine Zeit hatte. Sie war eine sehr empathische Frau und verstand, dass ich vor allem praktische Hilfe brauchte. Ingo zog sich da schon von mir zurück. Er vergrub sich in seinen Frust über die Anschuldigungen. Das ganze Dorf war gegen uns, Mia! Du kannst dir bestimmt vorstellen, wie in Ludming getratscht wurde. Und sobald die Böhmes und deine Eltern nicht mehr auf dem Radar der Polizei waren, wollten sie mit uns nichts mehr zu schaffen haben. Als wollten sie den ganzen Dreck endlich loswerden. Dabei hatten wir uns vorher so oft gesehen. Ich dachte wirklich, wir wären Freunde. Wir haben einander immer geholfen.«

Es schien, als habe der lange Redefluss Christine erschöpft. Sie schob ihren halb vollen Teller weg.

»Christine, könnte es sein, dass Monika etwas wusste? Was euch anderen entgangen ist? Und dass sie deshalb ermordet wurde?«

»Du meinst, sie wusste etwas über Daphnes Verschwinden?« Verdutzt sah Christine Mia an. »Was sollte das sein?«

»Wenn wir das wüssten, könnten wir vielleicht auch rausfinden, weshalb sie ermordet wurde.«

»*Weshalb* sie ermordet wurde? Die Frage ist doch wohl: von wem! Nein, Mia, wirklich! Was Daphne betrifft, stand Monika genauso auf dem Schlauch wie wir alle. Tja, ich muss los. Ich lade dich ein. Nein, mache ich gern!« Christine stand eilig auf und legte Geld auf den Tisch. »War nett!«

Verdattert starrte Mia ihr hinterher.

Einen so schnellen Abgang hatte sie nicht erwartet.

19.

Mia schlug Christines Adresse im Online-Telefonbuch nach. Sie wohnte in der Mayerschen Gärtnerei. Mia war bisher nie in dem Viertel gewesen, das so nahe an dem neu entstandenen Landschaftspark lag, den die Landesgartenschau 2012 hinterlassen hatte. Nicht weit vom Zentrum, mit dem Rad gerade mal zehn Minuten, aber doch ruhiger und ein bisschen ab vom Schuss. Vor den Wohnblöcken schlummerten Schrebergärten. Jemand hatte Ostereier in eine Birke gehängt. Helles, frisches Grün leuchtete vor dem blauen Himmel. Mia ließ das Rad ausrollen und sah sich nach der richtigen Hausnummer um.

Drückte auf die Klingel.

Ein blonder junger Mann mit Over-Ear-Kopfhörern, ein Handy in der Hand, riss die Tür auf. Er trug Sportklamotten. Seine Füße steckten in Wollsocken. Er musste mindestens Schuhgröße 47 haben.

»Ja?«

»Hi, Jakob. Ich bin Mia Wagner. Kennst du mich noch?«

»Nein.« Er zuckte die Achseln.

»Ich war mal deine Babysitterin.«

»Worum geht's denn?«

»Ich habe mich eben mit deiner Mutter getroffen. Es geht um Monika Böhme. Sagt dir der Name was?«

»Glaube nicht.« Er schüttelte den Kopf. »Oder doch? Ist das die Frau, die nicht mehr aufgetaucht ist?«

»Kann ich reinkommen?«

Jakob zuckte die Achseln. »Okay.« Er trat zur Seite.

Mia drückte sich an ihm vorbei in die Wohnung. Neubau, alles weiß getüncht, wenige Bilder an den Wänden, kein Schnickschnack. Auch das Haus der Hofstetters in Ludming war nicht überladen gewesen. Von wegen Dekoration im Sinne diverser Landleben-Magazine. Sie folgte Jakob auf den Balkon. Von hier aus blickte man weit in den Erba-Park. Der Wind brachte ein Klangspiel zum Tönen.

»Also, was ist?« Jakob stemmte die Hände in die Seiten.

»Deine Eltern, meine und die Böhmes waren eine Clique. Bis Daphne verschwand. Sagt dir der Name was?«

»Irgendwie meldet sich da eine dumpfe Erinnerung.«

»Sie war deine Babysitterin.«

»Ich denke, du warst das?«

»Erinnerst du dich echt nicht mehr?«

Verdrießlich schob er die Hände in die Taschen seiner Jogginghosen. »Nicht so richtig.«

»Daphne kam aus dem Nachbardorf. Ihr wohntet in Ludming. Nach einer Grillparty bei euch verschwand Daphne. Dein Vater hatte sie heimgefahren. Das war an einem Samstag. Ihre Eltern waren verreist. Als sie am Sonntag nach Hause kamen, war Daphne unauffindbar.«

Jakobs Blick verfinsterte sich.

»Womöglich habe ich nur das auf dem Schirm, was andere darüber erzählt haben. Jedenfalls weiß ich noch, dass mein Vater über längere Zeit total rotiert hat. Meine Mutter ihn angeschrien hat. Und er sie. Das ging eine ganze Weile so. Ewiges Gezeter. Bis ich in die Schule kam und wir ausgezogen sind.«

»Vier Jahre später verschwand Monika Böhme. Sie war mit ihrem Mann André bei dem Grillfest dabei. Meine Eltern auch.«

»Sie verschwand?« Jakob ließ sich auf einen Stuhl fallen.

Die Sonne beschien den Balkon. Mia öffnete ihre Jacke.

Was will ich hier? Er war damals zu klein, um etwas mitbekommen zu haben.

Sie zeigte ihm das Bild von Monika auf ihrem Handy. »Erkennst du sie vielleicht?«

Er verzog das Gesicht. »Nein. Ich glaube nicht.«

»Monika war meine Freundin. Die beste, die ich je hatte. Wir haben uns super verstanden, und sie hat mir viel geholfen.«

»Okay.« Mit einem Mal sah Jakob sie mit größerem Interesse an. »Sie *war* deine Freundin? Habt ihr euch zerstritten?«

»Sie ist tot. Vor Kurzem haben Waldarbeiter ihren Schädel gefunden. Auf dem Jura.«

»Krass.«

»Nach elf Jahren, in denen sie als vermisst galt, weiß ich jetzt, dass sie tot ist. Schon die ganze Zeit.« Mia schluckte. Sie wollte vor dem jungen Mann nicht weinen.

»Das haut mich echt um. Und wieso kommst du jetzt zu mir?«

»Weil ich Antworten suche.« Mia ließ sich auf den anderen Stuhl sinken. Zog die Jacke aus. Zum ersten Mal seit Monaten war es zu warm für die Winterklamotten.

»Du bist echt fertig, oder?«

Ihr Lächeln geriet schief. »Man macht sich all die Jahre eben Hoffnungen. Dass sie lebend wieder auftaucht. Obwohl das natürlich Blödsinn ist. Wohin hätte sie denn verschwinden sollen?«

»Wie kommt ihr Kopf in den Wald?«

»Sie wurde ermordet.«

»Fuck.« Jakob blieb der Mund offen stehen.

»Ich vermute, dass ihr Verschwinden vier Jahre, nachdem Daphne verschwunden war, und ihr Tod kein Zufall sind. Als die Polizei vor elf Jahren ermittelte, gab es überhaupt keine Anhaltspunkte. Niemand konnte sich erklären, wieso sie wie vom Erdboden verschluckt war. Aber ein Mord ist eine andere Sache: Niemand schneidet sich selbst den Kopf ab. Jetzt gibt es einen Schuldigen. Die Sache ist nicht mehr so diffus, verstehst du?«

»Wer ist der Mörder?«

»Ich habe keine Ahnung. Ich wüsste es nur gern. Und André auch – Monikas Mann.«

Jakob nickte. »Da du jetzt hier bist und mir das erzählst – denkst du, es hätte was mit meinen Eltern zu tun?«

»Ich denke erst mal nur, dass es kein Zufall ist, wenn vier Jahre nach dem Verschwinden von Daphne auch Monika weg ist.«

Jakob streckte die Hand aus. »Zeig mir noch mal das Bild!«

Mia reichte ihm ihr Handy.

»Ich kenne die Frau doch. Also, ich habe sie mal gesehen. Die hatte sich mit meiner Mutter getroffen.«

»Was? Wann denn? Und wo?«

Er starrte auf das Display. »Meine Oma holte mich aus der Nachmittagsbetreuung ab. Wir sollten meine Mutter treffen. Oma sagte, in einem Café. Also gingen wir dorthin. Und dort saß meine Mutter mit dieser Frau.«

»Monika.«

»Sie waren ins Gespräch vertieft und bemerkten uns gar nicht. Ich rannte zum Tisch. Meine Mutter sagte gerade: ›Bamberg ist ein Nest. Er wird bald wieder Frischfleisch brauchen.‹« Jakob legte das Smartphone weg. »Ich habe nicht verstanden, was Frischfleisch ist. Ich dachte echt, was zu essen, und ich fragte: ›Was für Fleisch denn?‹ Und meine Mutter antwortete: ›Kein Fleisch, mein Lieber.‹ Und wechselte rasch das Thema. Fragte, wie es in der Schule war und so.«

»Du warst da schon in der Schule?«

»Ja, es war kurz vor oder nach den Osterferien, in dem Café stand überall Osterschmuck herum.«

»Wie alt warst du?«

»Vielleicht dritte oder vierte Klasse.«

Dann könnte das Treffen zwischen Christine und Monika kurz vor deren Verschwinden stattgefunden haben.

»Monika verschwand am 11. April 2008. Sie nahm sich für den Nachmittag frei. Danach verlor sich ihre Spur. Ihr Auto stand an einem Wanderparkplatz.«

Jakobs Handy klingelte. Er drückte den Anruf weg.

»Wie hat eigentlich dein Vater aus dem ganzen Schlamassel rausgefunden?«

Jakob starrte ein paar Sekunden mürrisch vor sich hin. Schließlich sagte er:

»Ich hatte lange keinen Kontakt zu ihm. Meine Mutter wollte das nicht. Als ich klein war, kam er mir wie ein Fremder vor. Ich hatte gar keine Beziehung zu ihm. Er war immer mega ungeduldig und hatte nie Zeit. Motzte ständig rum.«

Es kam Mia vor, als wolle er etwas hinzufügen, doch er schwieg.

»Und heute?«, fragte Mia.

»Mittlerweile treffen wir uns hin und wieder in einer Kneipe. Ehrlich gestanden haben wir einander nicht viel zu sagen. Über Daphne haben wir nie geredet. Nicht mal mit meiner Mutter habe ich über sie gesprochen. Eigentlich hatte ich das alles vergessen. Irgendwie halt.«

Mia nickte. »Du warst erst vier, als Daphne verschwand.«

»War sie nett? Daphne?«

»War sie, ja.«

»Mein Vater hat wieder geheiratet, und sie bekommen bald ein Kind.« Jakob grinste schief. »Er war zu feige, es mir zu erzählen. Zufällig habe ich ihn mit seiner hochschwangeren Frau in der Stadt gesehen.«

»Sieh einer an.«

»Na, jetzt ist er älter, hoffentlich platzt ihm nicht mehr so oft der Kragen wie früher, wenn er genervt ist.« Jakob stand auf. »Ich muss jetzt los. Fußballtraining.«

»Klar.« Mia erhob sich ebenfalls. »Tschüss. Danke, dass du mit mir gesprochen hast.«

20.

Er war gerade in das Schreiben eines Kunden vertieft, machte sich Notizen. Sein Arbeitszimmer sah aus wie eine Papierfabrik. Von wegen papierloses Büro! Pläne, Korrespondenz, Angebote, Gutachten – wie eh und je endete alles letzten Endes in Papierform.

»Ingo? Kommst du mal?«

Er stand auf und ging in die Küche. Das hätte er bei Christine nie gemacht. Jede Störung war ihm zuwider gewesen. Na gut, man lernte dazu.

Nadja mixte Smoothies.

»Was denn, mein Schatz?«

»Was haben wir über Ostern vor? Ich meine, außer, dass wir es uns gemütlich machen?«

Er lachte. »Wir wollten es doch ruhig angehen lassen.«

»Nicht, dass ich wegfahren möchte.« Sie legte demonstrativ die Hand an den Bauch. »Aber ich habe mir was anderes überlegt.«

»Schieß los!«

»Sollen wir nicht mal deinen Sohn einladen?«

Perplex schwieg er. Die Idee hätte längst von ihm kommen müssen. Wenn der Junge schon von Nadja wusste, sollte er sie auch kennenlernen. Immerhin war Nadja seine Stiefmutter.

»Okay, warum nicht. Was schwebt dir vor?«

Sie grinste. »Nicht viel. Ein leckeres Essen kochen, zu Mittag vielleicht. Wenn er am Sonntag bei seiner Mutter ist, könnten wir ihn ja für Ostermontag einladen.«

»Das wäre schön, Nadja. Ich frage ihn.«

»Keine Ahnung, wie er auf mich reagiert. Einen Versuch ist es wert.« Sie goss den dickflüssigen Saft in zwei Gläser. Das Zeug schillerte grün.

Neugierig deutete Ingo darauf. »Ist das Spinat?«

»Scherzkeks. Probier mal.«

Ingo nahm ein Glas. Der Smoothie schmeckte säuerlich. Ganz erfrischend, wenn er ehrlich war. Ein Bier würde er sich später gönnen.

»Ich rufe Jakob an.«

»Wir sollten am Samstag zusammen einkaufen gehen. Ich kann nichts Schweres mehr schleppen.«

»Das ist doch selbstverständlich.« Er verabscheute samstägliche Touren zum Supermarkt. Aber es half ja nichts. Er hatte sich vorgenommen, diverse Fehler nicht mehr zu begehen. »Wir machen das gemeinsam.«

21.

»Warum suchst du dir keinen Job?«

Lars reichte Mia eine Flasche Lager und steuerte einen Liegestuhl an. Er hatte bezahlt. Es war ihr nicht recht, aber sie war nicht entschlossen genug gewesen, darauf zu bestehen, selbst zu zahlen.

»Ich suche. Es ist halt nicht so einfach.« Was stimmte und auch wieder nicht. Einfach konnte es eine frischgebackene Kunsthistorikerin nicht haben. Doch was war schon einfach, wenn man ganz am Anfang stand?

»Du könntest in den tollsten Museen der Welt arbeiten, oder? Im Prado in Madrid zum Beispiel. Oder in der Albertina in Wien.«

Mia ließ sich in den Liegestuhl neben Lars sinken. »Klingt wahnsinnig gut. Aber die warten da nicht auf mich.«

Er hielt ihr seine Flasche hin. »Prost.«

Sie stieß mit ihm an. Der kleine Kiosk war gut besucht, die meisten Plätze, alle im Freien, besetzt. Weil es kühl wurde, kuschelten sich die Gäste in die bereitgelegten Fleecedecken. Die Abendsonne schien über den Kanal direkt in ihre Gesichter. Orangefarben und kreisrund.

»Und du? Warum arbeitest du nicht als Psychologe?«, fragte sie.

»Weiß nicht so recht. Ich habe das Studium gewählt, weil es mich interessiert hat. Wie das alles in unserer Psyche so funktioniert. Nach meinem Abschluss hatte ich erst mal kein Geld und fing mit den Möbeln an, um welches zu verdienen. Dabei stellte ich fest, wie viel Spaß das macht. Mittlerweile habe ich ein Gewerbe angemeldet und zahle Umsatzsteuer.«

Mia nahm einen Schluck Bier. Sie selbst wüsste nicht einmal, wie man das machte. Ein Gewerbe anmelden. Ich bin ziemlich weltfremd, schoss es ihr durch den Kopf.

»Ich war heute bei dem Kommissar, der damals Monikas Fall bearbeitet hat. Er erinnerte sich noch an mich, wusste gleich meinen Namen. Außerdem war er auf dem Laufenden. Was den Schädel betrifft. Meine Güte, das klingt so trocken. Wie eine Polizeiakte.«

Lars sagte nichts. Er trank von seinem Lager und blickte über den Kanal. Die Häuser auf der gegenüberliegenden Seite lagen nun hinter einem Schleier aus Dunst.

»Geuter meinte, 50 Prozent aller Vermissten werden innerhalb einer Woche gefunden. Nach einem Monat sind 80 Prozent aller verbleibenden Fälle aufgeklärt. Länger als ein Jahr bleiben nur drei Prozent aller als vermisst gemeldeten Leute verschwunden.«

»In Monikas Fall ist es ja klar: Sie wurde umgebracht und war damit streng genommen nicht mehr vermisst. Es gab nur keine Leiche.«

Ein Schauder lief Mia den Rücken hinunter. Sie zog die Fleecedecke höher. »Nein.«

»Hat er versucht, dir Mut zu machen? Hält er es für möglich, dass der Mörder gefasst wird?«

»Festgelegt hat er sich nicht. Natürlich ist viel Zeit vergangen. Meiner Meinung nach steht Monikas Fall im Zusammenhang mit einer anderen Vermisstensache. Vier Jahre vorher ist aus der Clique meiner Eltern noch jemand verschwunden.« Sie erzählte, was sie sich den ganzen Tag über in Sachen Daphne Fiederer zusammengereimt hatte.

»Krass. Also echt. Wobei – zur Clique gehörte diese Daphne ja nicht.«

»Nein, das nicht, aber sie war oft bei den Hofstetters. Und an dem Abend, als Ingo sie heimfuhr und sie danach nie mehr gesehen wurde, feierte die ganze Clique in Ludming. Den Abend habe ich noch präsent. Obwohl ich früh ins Bett ging, weil ich Halsschmerzen hatte. In dem Sommer fuhren wir nicht in den Urlaub, manchmal war mir langweilig. Deswegen kam mir ein bisschen

Abwechslung gerade recht. Es waren ja alle meine Freundinnen in den Ferien.«

Lars schien die vielen Informationen erst einmal verarbeiten zu müssen. Verstohlen sah sie ihn von der Seite an. Seine Locken hatte er wieder zu einem Pferdeschwanz gebunden. Einzelne Strähnen hatten sich daraus gelöst. »Verstehe ich das richtig: Du vermutest, einer aus der Clique ist Monikas Mörder?«

»Darauf läuft es hinaus. Sagen wir so: Es wäre das Wahrscheinlichste.«

»Wie viele Leute kommen infrage?« Er zählte an den Fingern ab: »Deine Eltern, sind zwei. André Böhme, drei. Die Hofstetters. Macht fünf. Du selbst. Sechs.«

»Ich? Spinnst du?« Er hatte sie wohl nicht mehr alle. Wie war sie nur darauf gekommen, einen völlig Fremden in diese heikle Geschichte einzuweihen?

»Man muss systematisch denken. Ich glaube ja nicht, dass du deine Freundin umgebracht hast. Aber bedenke: Menschen, die einem anderen nahe sind, kommen eher als Mörder in Betracht als Fremde. Und es gibt Fälle, in denen ein Täter die Tat komplett leugnet. Sogar vor sich selbst. Sich ein Gedankengebäude aufbaut, in dem er nichts getan hat. Obwohl er es war.« Genüsslich trank er sein Bier leer. »Magst du noch eines?«

Schweigend starrte Mia auf den Kanal. Ein Frachtschiff glitt übers Wasser, vom rhythmischen Stampfen des Dieselmotors begleitet.

»Ich habe Monika nicht umgebracht. Wenn du denkst, ich hätte einen an der Waffel, war's das.«

»Entschuldige.« Er ging zum Ausschank und kam mit zwei Flaschen zurück. »Hier. Tut mir leid. Ich wollte dich nicht verletzen. Da ist mir wohl der Psychologe durchgegangen.«

Mia nahm ihm den verbalen Übergriff nicht krumm. »Geuter hat von alten Abhängigkeiten geredet, die jetzt vielleicht nicht mehr existieren. Zum Beispiel finanzieller Art. Dass elf Jahre nach dem Verschwinden einer Person sich womöglich doch jemand mit neuen und entscheidenden Informationen meldet. Was könnte das sein?«

»Das weißt du sicher besser als ich.« Lars öffnete den Bügelverschluss seiner Flasche. Es zischte. »Hatte jemand bei einem anderen Schulden? Ich meine, innerhalb der Clique? Oder gab es Versprechungen? Hat jemand etwas Bestimmtes zugesagt, um einem anderen zu helfen? Ist auf diese Weise eine Abhängigkeit entstanden, die sich womöglich später negativ ausgewirkt hat?«

»Ich weiß nur, dass die Ehe der Hofstetters damals schon schwierig war. Weil Ingo sich wenig um das Kind kümmerte und …« Sie verfiel in Schweigen.

Wenn ich das wirklich tue, wirklich nach Monikas Mörder suche, bleibt kein Stein auf dem anderen.

Die Sonne war untergegangen. Die Büsche rechts und links des Kiosk lagen nun im Dunkeln. Die Radfahrer fuhren mit Licht. Ein Hund mit einem blinkenden Halsband schoss aus dem Dickicht und schnüffelte an Mias Beinen. Die Lampen rund um den Kiosk sprangen an.

»Ich glaube, du versteifst dich zu sehr auf diese Clique. Aber gut, im Moment ist sie der einzige Anhaltspunkt.«

Mia nickte. Die hereinbrechende Nacht machte ihr Angst. Es wurde kalt. Plötzlich schien der Frühling wieder weit weg. Sie zog den Reißverschluss ihrer Jacke bis zum Kinn. »Ich muss los.«

»Hör mal, ich würde dir gern bei den Recherchen helfen. Wenn das okay für dich ist.«

Sein Gesicht lag im Schatten. Dennoch spürte Mia, wie aufmerksam und konzentriert er sie ansah.

»Ich muss wirklich. Danke für das Bier.«

22.

Mia radelte bei André vorbei. Hinter seinen Fenstern brannte Licht. Sie klingelte.

»Mia?« Er sah müde aus, wie er so in der Tür stand, hatte dunkle Ringe unter den Augen. »Was gibt es?«

»Nichts Bestimmtes, ich wollte nur wissen, wie es dir geht.«

»Die Arbeit geht mir im Augenblick nicht gerade leicht von der Hand.«

Er sah nicht aus, als wollte er sie hereinbitten. Zum ersten Mal in all den Jahren ohne Monika spürte Mia, dass André sich ihr gegenüber reserviert zeigte.

»Weißt du, ich habe heute Jakob getroffen.« Sie sprach schnell. »Christine Hofstetters Sohn.«

André runzelte die Stirn. »Wie das? Was hast du vor?«

Ein Lkw donnerte die Straße entlang. Mia wartete, bis der Krach vorbei war.

»Ich war doch eine Zeit lang seine Babysitterin. Kann ich vielleicht kurz reinkommen?«

André trat zur Seite. »Klar, entschuldige.«

Sie folgte ihm in die Küche. Ein Glas Joghurt stand auf dem Tisch. Er hatte einen Apfel geschält.

»Was wolltest du von Jakob?«

»Zuerst habe ich Christine getroffen. Sie wusste noch gar nichts von dem Schädelfund.«

André rieb sich die Bartstoppeln. »Mia, bitte! Was soll das? Ich muss früher oder später mit der Geschichte abschließen. Es hat keinen Sinn. Ich mache mich kaputt, wenn ich nicht irgendwann akzeptiere, dass meine Frau nicht mehr wiederkommen wird.«

»Sie wurde ermordet. André! Sie ist doch nicht einfach umgefallen und war tot!« Mia senkte den Kopf. »Es tut mir leid. Das war … geschmacklos.«

Er winkte ab. Sank auf seinen Stuhl und schnitt den Apfel in Schnitze. »Du meinst also, Mia Wagner läuft durch Bamberg und findet den Mörder, indem sie alte Freunde ausquetscht?«

»Es könnte sein, dass die Lösung des Rätsels in eurer alten Clique liegt.«

André steckte einen Schnitz in den Mund. Kaute. Schließlich sagte er: »Wieso denkst du so was?«

»Weil es merkwürdig ist. Erst verschwindet Daphne, die Babysitterin der Hofstetters. Und vier Jahre später Monika. Zwei Personen aus einem Kreis.« Sie fand, es klang schlagend logisch.

»Lass es merkwürdig sein, Mia. Das macht es nicht zur Wahrheit. Vier Jahre liegen zwischen Daphnes und Monikas Verschwinden. In den vier Jahren kann viel passieren. Damals, als wir das Grillfest feierten, hatte Monika noch keinen festen Job. Den trat sie erst im Herbst an. Das war für sie eine einschneidende Veränderung. Anschließend fing sie an, sehr viel zu arbeiten. Sie wurde zu einem richtigen Workaholic. So kannte ich sie vorher nicht. Ich will damit nur sagen: Menschen verändern sich. Keiner bleibt über die Jahre derselbe. Außerdem laufen da draußen eine Menge Psychopathen herum. Frauen werden häufiger Opfer von Verrückten als Männer. Wer sagt mir, dass sie nicht in irgendwas reingeriet? Zufällig?«

»Aber ...«

»Bleib auf dem Teppich, Mia. Ich kann mir beim besten Willen nicht vorstellen, dass dein Vater oder Ingo Hofstetter Monika umgebracht und ihr den Kopf abgesägt hat. Das ist doch ...«, er brach ab, wedelte mit der Hand vor seiner Stirn hin und her, »das ist krank. Wirklich.«

»Ich unterstelle doch nicht ...«

»Merkst du nicht, dass es darauf hinausläuft? Dass wir jemanden suchen, der eine Frau tötet und ihr den Kopf absägt? Sie vielleicht in viele Teile zerlegt und es irgendwie verpasst hat, den Kopf so zu entsorgen, dass ihn keiner mehr findet?« André war leichenblass. »Die Clique, du lieber Himmel. Wir waren Freunde.«

Mia biss sich auf die Lippen. »Wenn du es so siehst ...«

»Wir haben einander immer geholfen. Ingo hat sich sogar für Monika stark gemacht. Sie wollte so gern in ein großes Architektenbüro einsteigen. Ingo kannte da jemanden. Er hatte selbst dort gearbeitet, bevor er sich selbstständig machte. Ihm hatte Monika es zu verdanken, dass sie die Stelle bekam!«

»Monika bekam den Job, weil Ingo sich für sie einsetzte?«

»Sie war ihm echt dankbar.«

»War das nach der Sache mit Daphne?«

»Wie gesagt, im folgenden Herbst.«

Mia nickte nur. Mit einem Mal fühlte sie sich, als müsste sie in der engen Küche ersticken.

»Tut mir leid, André. Wahrscheinlich hast du recht, ich habe mich da in etwas reingesteigert.«

Aber ich glaub's nicht. Das ist der Punkt. Irgendwas stinkt hier. Und ich kriege auch noch raus, was.

23.

Mia warf die Tür hinter sich ins Schloss und schlüpfte aus den Boots. Ohne Licht zu machen, tappte sie in die Küche und nahm eine Tüte Milch aus dem Kühlschrank. Von draußen schien das kalte Licht der Straßenlaternen herein. Es war nach 22 Uhr. Sie goss Milch in ein Glas.

Für eine Weile starrte sie ins Leere. Schließlich griff sie nach ihrem Handy und wählte Christines Festnetznummer.

»Hofstetter?«

»Hallo, Christine. Ich bin's noch mal. Mia.« Das Herz schlug ihr bis zum Hals. Sie drückte die Stirn gegen die kühle Fensterscheibe.

»Hallo.« Die Antwort kam zögerlich.

»Entschuldige, dass ich dich so spät störe.«

»Du warst bei Jakob.«

»Ja.«

»Was soll das, Mia? Was hat mein Sohn, was habe ich mit Monika Böhmes Tod zu tun?«

»Nichts, Christine, darum geht es doch nicht. Ich bin … ich versuche nur zu verstehen, was damals passiert ist.«

»Was haben Jakob und ich damit zu schaffen? Vor allem Jakob? Er war damals ein kleines Kind!«

Mia umklammerte das Telefon fester. Ihre Muskeln verkrampften sich. Kopf und Nacken begannen zu schmerzen.

»Du und Monika – ihr wart befreundet. Es tut mir wirklich leid, wenn ich aufdringlich erscheine. Ich möchte einfach mit jemandem sprechen, der sie kannte, weil ich traurig und durcheinander bin.«

Schweigen am anderen Ende.

Ein Wagen fuhr draußen vorbei.

»Bist du noch dran, Christine?«

»Warum rufst du an?«

»Monika war Architektin. Wie Ingo.«

»Und?«

»Er hat ihr geholfen, eine Stelle zu finden, stimmt das?«

»Soweit ich weiß, hat er sich für sie eingesetzt, ja.«

»Was meinst du damit genau?«

»Er kannte jemanden in dem Architekturbüro, wo sie anfangen wollte. Sie wünschte sich das sehr. Ihr gefielen die Arbeiten der Architekten dort, und sie wollte dazugehören.«

»Er hat sie empfohlen?«

Mias Atem beschlug auf der Scheibe. Sie malte mit dem Finger ein »x« in das Rund.

»Ich glaube, dass ihm jemand dort einen Gefallen schuldete. Mein Ex neigte dazu, Leute an sich zu binden, indem er ihnen eine Gefälligkeit erwies und im Nachhinein davon profitierte, weil sie sich ihm verpflichtet fühlten.«

»Du meinst, es war gemauschelt?«

»In dem Büro war gar keine Stelle ausgeschrieben. Es wurde extra eine für Monika geschaffen. Näheres weiß ich nicht.«

Und Monika war Ingo dankbar. Denn ohne ihn hätte sie definitiv den Job nicht bekommen. Aber was bedeutet das jetzt?

»Trotzdem haben die Böhmes sich nach Daphnes Verschwinden von euch entfernt.«

»Ich habe dir doch gesagt: Die waren, genau wie deine Eltern, froh, aus dem Fadenkreuz der Polizei zu sein. Monika war länger als die anderen bereit, sich um Jakob und mich zu kümmern.«

»Glaubst du, sie hat das nur aus Dankbarkeit gemacht?«

»Nein, das glaube ich nicht. So war sie nicht.« Christine machte eine Pause. Schließlich sagte sie: »Ingo war immer für seine Freunde da. Er hätte nie eine Bitte um Hilfe abgelehnt. Wenn ich jetzt behaupten würde, er tat das nur, um sie danach für seine Absichten am Haken zu haben, ist das sicher übertrieben. So ehrlich war er. Freundschaft bedeutete ihm etwas.«

»Jakob sagte, er hätte dich mal über Ingo reden hören. Und über seine neue Freundin. Du sagtest in etwa: ›Er wird bald Frischfleisch brauchen.‹«

Stille.

»Christine?«

»Daran kann ich mich nicht erinnern. Wann soll das denn gewesen sein?«

»Jakob war noch in der Grundschule. Er meinte, es war um die Osterzeit. Du warst mit Monika zusammen in einem Café. Es war wohl das letzte Mal, dass er Monika gesehen hat.«

»Mag sein. War's das?«

»Danke, Christine. Sei mir nicht böse, falls ich dir auf die Nerven gegangen bin.«

»Ist schon in Ordnung.«

Mia legte auf.

Monika hatte durch Ingos Hilfe ihren Traumjob bekommen. Gab es noch mehr Personen aus dem Freundeskreis, die Gefälligkeiten von Ingo Hofstetter angenommen hatten? Laut Christine wohl einige.

Mias Handy gab Laut. Eine Nachricht von Lars.

Hast du über Ostern mal Zeit? Wollen wir vielleicht Kaffee trinken oder so? LG, Lars

Sie ließ das Handy sinken. Lars war ein netter Kerl. Einer, der offensichtlich mehr wollte.

24.

Mia saß im Bett, ein Kissen im Rücken, und starrte in die Dunkelheit. Die schlaflosen Stunden kreisten sie ein, bedrohlich und angsteinflößend. Sie schleppten Gedankenfetzen heran, denen sie nicht entkam. Immer dieselben Ängste, Sorgen und Kümmernisse verwandelten ihre Nächte in Konfliktzonen, ohne Aussicht darauf, die Kämpfe bestehen zu können. Durch die Ritzen der Jalousien drang matt das Licht der Straßenbeleuchtung herein. Kurz nach Mitternacht. Ihr war kalt.

Er wird bald wieder Frischfleisch brauchen.

Mia war klar: Mit dieser Aussage konfrontiert zu werden, hatte Christine sichtlich getroffen. Und sie hatte dichtgemacht. Selbstschutz.

Bedeutet was?

Bedeutet, ich habe einen wunden Punkt getroffen.

Unten auf der Straße schlug eine Autotür. Wieder ein Anwohner, der spät heimkam.

Also war was dran am »Frischfleisch«. Sollte es heißen, dass Ingo Hofstetter immer wieder Affären hatte? Christine betrogen hatte und das bei der nächsten Ehefrau genauso halten würde?

Es würde zu ihm passen, dachte Mia. Er war der Typ Mann, der glaubte, alles haben zu können. Er hatte ihr an den Hintern gefasst und das ganz selbstverständlich gefunden.

Hab dich nicht so.

Deswegen hatte sie bei den Hofstetters nicht mehr babysitten wollen.

War doch nur nett gemeint.

Nie hatte sie auch nur ein Sterbenswörtchen zu irgendwem gesagt. Ob ihre Eltern etwas geahnt hatten? Offiziell hieß es, Mia würde von der Pubertät gebeutelt und hätte deshalb keine Lust mehr auf den Babysitterjob. Mia jedoch hatte Angst, mit Ingo allein zu sein, wenn Christine außer Haus war.

Das war der Punkt.

Um Klarheit zu bekommen, musste sie ihre Eltern fragen. Ob sie etwas geahnt hatten. Doch über Freunde der Familie, die den Töchtern an den Hintern fassten, wurde damals, vor 15 Jahren, nicht geredet. Sie selbst hatte ja auch nicht gewagt, sich den Eltern anzuvertrauen. Weil sie sich schämte.

Wenn Ingo mich betatscht hat, hat er es bei Daphne bestimmt auch versucht. Thema »Frischfleisch«.

Ob Daphne sich gewehrt hatte?

Ich kannte sie zu wenig. Eigentlich gar nicht.

Ihre Gedanken drehten sich im Kreis.

Über ihr lief die Kuslowski herum. Noch eine Schlaflose, die ihre Einsamkeit durch die Nacht trug. Etwas fiel zu Boden. Wurde herumgeschoben. Dann war alles wieder still.

Nicht lang.

Es läutete an Mias Tür.

Schreckstarr saß sie im Bett.

Jetzt? Mitten in der Nacht?

Sie musste sich getäuscht haben.

Nein, hatte sie nicht. Es läutete wieder. Jemand drückte

ganz klar den Finger auf ihre Klingel. Sie schoss hoch. Öffnete das Fenster so leise, sie konnte, und beugte sich vorsichtig hinaus.

Vor der Tür stand jemand. Ein Mann mit einem Hut. Der nun langsam davonging. Er hinkte leicht.

GRÜNDONNERSTAG

25.

Sonnenlicht kroch durch die Ritzen der Jalousien. 9 Uhr. Mia öffnete das Fenster für kühlen Wind und eine eiskalte Luft, die nach Schnee roch. Am Gründonnerstag konnte man darauf verzichten. Wenigstens war der Himmel blau.

Sie lehnte sich aus dem Fenster. Unten stand natürlich niemand. Am helllichten Tag schien es geradezu absurd, dass dunkel gekleidete Männer mit Hut vor der Tür herumlungerten. Aber sie hatte den Mann nicht geträumt. Er war real gewesen.

Grübelnd goss Mia Kaffee auf. Gestern Nacht war sie furchtbar erschrocken. Einige Stunden später ahnte sie, dass der Mann nicht wie ein Phantom zufällig aufgetaucht war. Sie hatte jemanden aufgeschreckt. Bloß wen?

Sie schrieb Lars eine Nachricht:
Hast du vielleicht heute Zeit? Über Ostern bin ich bei meinen Eltern. Gruß, Mia.

Sie trank den Kaffee schwarz. Die Milchtüte war leer. Einkaufen war angesagt, und zwar heute, denn morgen war Feiertag.

Ihr Handy klingelte. Lars! Der hatte es echt eilig.

»Morgen!« Mia klemmte das Telefon zwischen Kinn und Schulter.

»Hi. Wie geht's?«

»Ach, ganz gut. Bei dir?«

»Auch okay. Heute muss ich noch ein Möbel ausfahren, ab Nachmittag bin ich frei. Wollen wir uns in der Innenstadt treffen?«

»Falls das Wetter so bleibt, vielleicht am Kranen. Da könnte man gut in der Sonne sitzen.«

»Um 4 Uhr?«

»Gern.« Mia legte auf. Lars hatte ein Auge auf sie geworfen. Nicht, dass sie so schnell ihre Gefühle sortiert hätte. Trotzdem fühlte es sich gut an, das Interesse eines Mannes geweckt zu haben. Beschwingt stellte sie ihre Tasse in die Spüle, duschte, zog sich an.

Als sie die Treppe hinunterlief, lugte das Eck eines Kuverts aus ihrem Briefkasten. Sie zog es heraus.

Kein Absender. Hektisch nahm sie einen Bogen Papier aus dem Umschlag.

Lass die Finger von alten Geschichten.

Minutenlang stand Mia bewegungslos da und starrte auf die eine sauber gedruckte Zeile.

26.

Der Wind strafte den blauen Himmel Lügen, er pfiff eisig und schnitt ihr in Gesicht und Hände. Sie bedauerte, keine Handschuhe mitgenommen zu haben.

Verdammt, wer drohte ihr da?

Sie trat in die Pedale. Die kalte Luft schmerzte im Hals. Wolken schoben sich vor die Sonne. Ihr war kalt, zugleich schwitzte sie. Dennoch tat ihr die Bewegung gut. Sie beruhigte sich ein wenig. Lenkte das Rad auf die linke Spur, um abzubiegen. Eine Hupe dröhnte.

Mia achtete nicht darauf. Als sie an der Wunderburgkirche vorbeiradelte, fiel ihr auf, dass die Eisdiele an der Ecke nach der Winterpause wieder geöffnet hatte. Vielleicht wäre das gar kein schlechter Treffpunkt, wenn sie mit Lars etwas unternehmen wollte. Weitab vom Ostertrubel in der Innenstadt zu sein, hatte durchaus seine Vorteile. Manchmal gingen ihr nämlich die Menschenmassen im Zentrum des Weltkulturerbes ziemlich auf den Geist.

Am Kanal bog sie ab. Trotz der Osterferien wurde der Verkehr dichter und hektischer, je weiter sie sich der Innenstadt näherte. Einkaufsfahrten, Organisationsfahrten, letzte Erledigungen vor dem Osterurlaub. Schweißgebadet erreichte Mia zehn Minuten später die Praxis ihrer Eltern. Die Räume befanden sich im Erdgeschoss einer Jugendstilvilla in der Hainstraße in seriöser Nachbarschaft von Anwaltskanzleien und Immobilienagenturen. Aus dem Rasen des Vorgartens spitzten Krokusse. Die

Hecken in den Gärten ringsum fingen an zu grünen, und die Vögel zwitscherten, während sie emsig in den Zweigen der Bäume umherhüpften. Mia stellte das Rad neben dem Carport ab und lief zur Eingangstür hoch. Verschlossen. Sie klingelte. Kurz darauf stand ihr Vater in der Tür.

»Mia, grüß dich! Was führt dich hierher? Sag mir nicht, du hast Zahnschmerzen.« Carsten Wagner lächelte seine Tochter an.

»Nein. Keine Sorge. Ich wollte dich kurz was fragen, komme ich sehr ungelegen?«

»Absolut nicht!« Er trat zurück und ließ Mia ein. »Ehrlich gesagt, freue ich mich über Ablenkung. Bürokram langweilt mich, wie du weißt.«

Sie folgte ihm in das kleine Zimmer, das als Büro diente. Die Kaffeemaschine röchelte, und aus dem Radio tönte klassische Musik. Schreibtisch und Sofa sowie der kleine Beistelltisch waren übersät mit Papieren.

»Probleme?«

»Nein, das ist der ganz normale Wahnsinn in einer Arztpraxis. Ständig ändern sich Verordnungen, Regularien, was weiß ich. Meistens schmeiße ich den ganzen Quatsch auf einen Stapel und hoffe, dass sich die Dinge von selbst erledigen, aber das geschieht leider nie.«

»Ich habe mich mit Christine Hofstetter getroffen.«

»Wie geht es ihr?«

»Gut. Ich habe sogar ihren Sohn wiedergesehen.«

»Jakob?« Carsten Wagner grinste. »Was macht er für einen Eindruck?«

»Er ist nett.« Fieberhaft überlegte Mia, wie sie zum Punkt kommen sollte. »Wusstest du, dass Christines Ex Monika zu ihrem Traumjob verholfen hat?«

»Ja, das habe ich mitgekriegt. Sie war damals überglücklich!«

»Hat Ingo Hofstetter das aus Selbstlosigkeit gemacht?«

Carsten stellte die Kaffeemaschine ab und goss zwei Tassen voll. »Ich bitte dich! Wir waren befreundet.«

»Hat sie sich irgendwie erkenntlich gezeigt?«

»Na, dankbar war sie ihm schon.«

»Kurz vorher ist doch die Sache mit der Babysitterin passiert.«

Carsten reichte Mia eine Tasse. »Setz dich. Schieb einfach den Krempel beiseite.«

Mia hockte sich auf die Armlehne des Sofas. Nachdenklich nippte sie an ihrem Kaffee. »Wie war das eigentlich damals? Als Daphne verschwand?«

»Wie das war? Du fragst Sachen!«

»Wann habt ihr mitbekommen, dass sie weg war? Ich meine, ihre Eltern haben Daphne ja erst einen Tag später vermisst.«

»Am Sonntagabend schlug die Polizei bei den Hofstetters auf. Kurz danach standen sie bei uns vor der Tür. Wir hatten keinen blassen Schimmer, was passiert sein könnte.«

Sie schwiegen eine Weile. Mia wusste nicht, wie sie weitermachen sollte. Sie wollte sagen: Ingo hat mich begrapscht. Aber die Worte wollten nicht raus.

»Erinnerst du dich an das Grundstück der Hofstetters?«, brach Carsten das Schweigen.

»Einigermaßen. Sie hatten eine weitläufige Wiese neben dem Wohnhaus. Dahinter fing der Wald an. Man konnte über den Wipfeln eine Felsenkrone sehen, so steil war der Hang.«

»Ja, typisch für die Fränkische Schweiz. Deine Mutter ist immer ins Schwärmen geraten. Sie hätte wohl das Landleben gern mal ausprobiert.«

»Echt?«

»Nein, nicht wirklich. Es war nur ein Traum. Wir hatten damals ein paar finanzielle Probleme. Deswegen fiel der Sommerurlaub flach. Einige Wochen zuvor hatten wir überlegt, an den Gardasee zu fahren. Leider konnten wir uns das dann nicht leisten und blieben zu Hause.«

Mia runzelte die Stirn. »Irgendwas klingelt, aber so genau weiß ich das nicht mehr. Was war denn los, finanziell?«

»Ach, wir hatten in der Praxis renoviert, neues Behandlungsequipment gekauft, die Leitungen mussten erneuert werden, wir brauchten ein moderneres EDV-System. Ziemlich viele Investitionen in kurzer Zeit.« Carsten Wagner trank von seinem Kaffee. »Willst du Kekse?« Er reichte ihr eine Packung.

Mia nahm einen und biss gedankenverloren hinein. Der Sommer der Sparsamkeit. Plötzlich erinnerte sie sich wieder. Kein Urlaub, keine privaten Anschaffungen. Sie hatte ein neues Paar Sneakers haben wollen, leichte, für den Sommer. Die Eltern hatten Nein gesagt. Sie war sauer gewesen. Klar, dass eine 14-Jährige nicht gern die alten Latschen anhaben wollte, wenn alle anderen Freundinnen neue Sneakers trugen. War sie nicht auch deshalb schlecht gelaunt gewesen am Abend bei den Hofstetters? Die überhaupt keine Kosten gescheut hatten, um eine Sommerparty zu feiern, mit allen Schikanen? Geuters Bemerkung über etwaige Abhängigkeiten ging ihr durch den Kopf.

»Stand auf der Wiese nicht eine Scheune?«, fragte sie.

»Ja, die Partyscheune. Mit allem Pipapo. Sie hatten einen Kühlschrank drin, Bierbänke, Lampions, Lichterketten, alles da! Wenn es sehr warm war, konnte man das Tor aufschieben und die Tische und Bänke draußen aufstellen. Leider ging es Daphne nicht gut. Sie klagte über Bauchweh. Deswegen fuhr Ingo sie später heim. Sie war mit dem Rad gekommen, aber weil es bereits dunkel war, wollten die Hofstetters nicht, dass sie allein heimradelte.«

Dabei wäre das vielleicht weniger unangenehm für sie gewesen als eine nächtliche Fahrt mit Ingo, der seine Hände auf Erkundungstour schickte. Mia biss in einen weiteren Keks.

»Warum brauchten die überhaupt eine Babysitterin? Jakobs Eltern waren doch beide zu Hause.«

»Jakob kränkelte ein bisschen. Ich denke, sie wollten einfach jemanden haben, der ihn ins Bett brachte, sobald er müde war, und bei ihm im Haus blieb. Sich vielleicht eine halbe Stunde mit hinlegte, bis er eingeschlafen war.«

»Hm.«

»Das hat Daphne gemacht.« Carsten Wagner sah in seinen Kaffee.

»Aber?«

»Nichts aber. Als Jakob schlief, kam sie raus zu uns. Wollte heim. Und Ingo sagte, er würde sie fahren. Hast du das nicht mehr mitgekriegt?«

»Ich hatte eine Erkältung und war schon im Bett.«

»Ach, stimmt.« Hilflos zuckte Carsten mit den Achseln.

Mia räusperte sich. »Vielleicht war es Daphne gar nicht recht, dass Ingo sie heimfuhr.«

»Warum?«

Na, Mia, wie geht es dir? Kann ich etwas für dich tun?

»Weil ... also, er konnte seine Hände manchmal nicht unter Kontrolle kriegen. Mir hat er ein paarmal an den Hintern gelangt. Deswegen wollte ich später nicht mehr zu den Hofstetters zum Babysitten.«

»Was?« Fassungslos sah Carsten seine Tochter an. »Das sagst du erst jetzt?«

»Schimpf bitte nicht. Ich war 14. Ich hatte keine Ahnung, wie ich das in Worte fassen sollte.«

Es wurde still in dem kleinen Büro.

»Verdammt, wenn ich das gewusst hätte ...«, fing Mias Vater an.

»Hast du nicht?«

»Natürlich nicht. Mia, ich bitte dich!« Klirrend stellte Carsten seine Tasse ab. Sie kippte um. Ein Rest Kaffee sickerte über einen Papierstapel. Er beachtete es gar nicht. »Das ist ja wirklich ...«

»Wenn ich dich jetzt was frage, antwortest du ehrlich?«

»Was denkst du denn!«

»Hast du von seinen Übergriffen gewusst? Und hast nichts gesagt? Weil Ingo dir aus der Patsche geholfen hat?«

Es war ein Schuss ins Blaue.

»Bitte was?« Carsten wurde aschfahl.

Sie war auf der richtigen Spur. Ein Triumphgefühl breitete sich in Mia aus. Sie hatte eins und eins richtig zusammengezählt.

»Die Hofstetters haben euch geholfen, stimmt's? Finanziell.« Nun spukte ihr noch eine Erinnerung durch den Kopf. Ingo Hofstetter war in jenem Sommer bei ihnen gewesen. Eines frühen Abends. Über diesem Besuch hatte eine Glocke aus Nervosität gehangen. Ihre Eltern hatten deshalb geheimnisvoll getan, hatten geflüstert, wenn sie meinten, Mia könnte mithören. Die Sommerferien standen vor der Tür. Eine von Mias Freundinnen war zufällig zeitgleich mit Ingo auf einen Sprung vorbeigekommen, deshalb war ihr das Gespräch der Erwachsenen weitgehend entgangen. Doch als Mia die Freundin zur Tür brachte, um sie zu verabschieden, hörte sie, wie Carsten zu Ingo sagte: »Danke. Du bist wirklich ein Freund. Das vergesse ich dir nie.«

Mias Vater stellte die umgefallene Tasse wieder hin und versuchte, die Kaffeelache mit einem Taschentuch aufzusaugen. »Ingo hat mir damals Geld geliehen. Das ist richtig.«

»Hast du deswegen weggeschaut?«

»Weggeschaut wobei? Um Himmels willen, was fantasierst du dir denn zusammen, Mia?«

»Wusstest du, dass Ingo seine Wichsgriffel nicht kontrollieren konnte? Oder nicht?« Mia wurde laut.

»Verdammt, das wusste ich nicht. Wenn ich es gewusst hätte, hätte ich es nicht toleriert.« Auch Carsten schrie jetzt beinahe. Er atmete tief durch. »Entschuldige.«

»Tut mir leid. Ich glaube dir ja. Ich bin nur durcheinander.« Mia trank ihren Kaffee aus. »Sei mir nicht böse. Ich musste das wirklich wissen.«

Carsten legte seiner Tochter beide Hände auf die Schultern. »Du kannst mir vertrauen. Das weißt du doch, oder?«

Sie nickte.

»Daher bin ich froh, dass du mich eingeweiht hast.«

Mia nickte wieder. »Man kann jetzt ohnehin nichts mehr machen. Rede nicht mit Mama darüber, okay? Sie würde sich nur aufregen.«

»Nein. Natürlich nicht.«

Mia schien es, als wäre ihr Vater nur allzu erleichtert, die Geschichte für sich behalten zu können.

27.

Mia schob ihr Rad aus dem Vorgarten. In wilder Jagd trieben Wolken über den Himmel. Mal schafften die Sonnenstrahlen den Durchbruch, dann fühlte sich die Luft warm und frühlingshaft an. Binnen Augenblicken deckten Schatten alles zu, und es wurde empfindlich kühl. Mia wollte sich gerade in den Sattel schwingen, als der Alfa Romeo ihrer Mutter in die Zufahrt einbog.

»Mia? Was machst du denn hier?« Simone Wagner ließ das Fenster herunter. Das hochgesteckte Haar saß eine Spur zu lose, und für ihr ansonsten so makelloses Make-up hatte sie sich anscheinend nicht genug Zeit genommen. Der Lidstrich war schief.

»Nichts Bestimmtes. Und du?«

»Ich muss mein Portemonnaie in der Praxis vergessen haben.« Simone stellte den Motor ab. »Ziemlich blöd, wenn man einkaufen will.«

»Kann ich eigentlich was mitbringen für das Osterfrühstück?«

»Wenn du möchtest. Ich kann dir nur noch nicht sagen, was.« Sie stieg aus. Tweedkostüm. Hermès-Halstuch. »Also, was ist los? Gibt es Probleme?«

»Nein, ich wollte nur kurz was kopieren«, log Mia und hoffte, ihr Vater würde die Lüge decken.

Was, wenn sie die skeptische Miene ihrer Mutter richtig deutete, nicht helfen würde.

»Für eine Bewerbung?« Die Frage klang sarkastisch.

»Ja.« Mia war sich bewusst, dass sie keine Mappe dabeihatte, die sie nun hochhalten konnte, um zu sagen: Schau, hier sind die Papiere.

»Hör mal, Mia, es wäre wirklich schön, wenn du in Sachen Job in die Gänge kommen würdest. Irgendwo muss es doch etwas geben, was du tun willst, oder?«

»Ich glaube, das ist nicht das Problem. Das besteht eher darin, dass mich erst mal jemand anstellen muss.«

»Die Konkurrenz schläft nicht. Aber du hast deine Pluspunkte – Auslandsstudium, Praktika …«

Mias Magen krampfte sich zusammen. Wenn ihre Mutter sie so forschend ansah, ergriff sie am besten die Flucht.

»Ich muss dann mal.«

»Versteh mich nicht falsch. Ich sage dir das jetzt einfach. Es ist doch kein Zustand, dass du monatelang nur zu Hause herumhängst.«

Mia spielte an ihrer Fahrradklingel herum.

Es stimmte. Sie war unentschlossen. Sie konnte sich nicht aufraffen, neue Bewerbungen zu schreiben.

»Ich bin frustriert.«

»Das ist nun wirklich keine Entschuldigung.« Simone Wagner warf die Autotür zu. »Wenn du Hilfe brauchst, ich unterstütze dich gern. Aber werde endlich aktiv.«

»Du weißt ja nicht, wie das ist!«, brach es aus Mia heraus. »Ihr habt eure Praxis aufgemacht. Gemeinsam. Habt einen Patientenstamm vom Vorgänger übernommen. Du hast nie erlebt, wie es sich anfühlt, wenn man sich gegen Hunderte andere durchsetzen muss, die den gleichen Job wollen.«

Simone stemmte die Hände in die Seiten. »Pass mal auf, meine Liebe: Ich habe in meinem Leben schon eine Menge Rivalität durchgestanden. Kämpfen muss jeder, stell es dir nicht so leicht vor, eine Praxis am Laufen zu halten.«

»Monika hätte das verstanden. Sie musste sich jahrelang reinhängen, um ihren Traumjob zu kriegen. Sie hat mir oft erzählt, wie hart es war durchzuhalten, bis sie endlich da landete, wo sie hinwollte.«

»Meine Güte! Die gute Monika. Die Superfrau.« Simone lachte auf. »Weißt du, Mia, Monika war nicht die Heilige, als die du sie gern hinstellst.«

»Was soll das heißen?« In Mia stieg Wut hoch.

»Sie hatte Affären! Und nicht zu knapp! Du willst das vielleicht nicht sehen, aber so war es.«

»Affären?«

»Da war sie längst mit André verheiratet. Monika hat nichts anbrennen lassen, das kann ich dir versichern. Dass

Ingo Hofstetter ihr den Job verschafft hat – geschenkt. Ich habe ihr den beruflichen Erfolg gegönnt. Und wie hat sie sich erkenntlich gezeigt? Na, da fällt mir nur eines ein.«

»Sex gegen Job?« Mia war baff.

Simone zuckte nur die Schultern. »Tja, das soll es geben.«

Du bist nur eifersüchtig, dachte Mia müde. Das war früher schon so. Weil ich über meine Probleme mit Monika geredet habe und nicht mit dir. Das hat dir nicht gepasst. Weil ich ihr vertraut habe. Du hattest ja nie Zeit. Wegen der Arbeit. Die war immer wichtiger.

Sie verschränkte die Arme vor der Brust.

»Wie war das eigentlich damals? In der Nacht, als Daphne verschwand? Bei dem Grillfest?«

Simone wurde blass.

»Was meinst du?«

»Woran erinnerst du dich noch?«

»Also du stellst Fragen! Wie kommst du denn jetzt darauf? Das ist ewig her!«

»Ihr wart doch so gut befreundet mit den Hofstetters. Wieso ging das in die Binsen?«

»Dafür könnte man eine Reihe von Gründen anführen. Dass die Ermittlungen und die Aufmerksamkeit der Medien uns auseinandergebracht haben. Dass wir dem Stress nicht gewachsen waren. Letztlich litten wir alle an Schuldgefühlen. Obwohl wir nichts Falsches getan haben.«

Mit einem Mal frischte der Wind auf. Mia zog den Schal fester um ihren Hals.

»Schuldgefühle? Weshalb?«

»Diffus. Wir konnten uns nichts Konkretes vorwerfen. Natürlich fragst du dich, wenn du ein junges Mädchen gerade noch gesund und munter gesehen hast, das dann urplötzlich verschwunden ist: Hättest du etwas tun können? Etwas, um sie vor was auch immer zu bewahren?«

Selbst nach so langer Zeit verursachte die Erinnerung ihrer Mutter Kummer. Das spürte Mia so deutlich, als mache sich die Traurigkeit gerade in ihr selbst breit.

»Und? Hättet ihr?«

»Ingo war der Letzte, der sie gesehen hatte. Er brachte sie heim und kam ewig lang nicht wieder. Ich dachte mir schon, wo steckt der denn. Endlich kreuzte er auf. Daphne konnte ihren Hausschlüssel nicht finden, und er musste ihr helfen, den Ersatzschlüssel zu suchen. Ihre Eltern hatten ihn irgendwo im Garten versteckt. So erklärte er seine lange Abwesenheit. Und letztendlich verschwamm dieser Abend in meiner Erinnerung. Wir hatten alle was getrunken. Nicht zu wenig, um ehrlich zu sein. Niemand musste mehr fahren, wir übernachteten ja dort.« Ihr Gesicht verdüsterte sich. »Vor allem wir Frauen hatten ordentlich getankt. Während die Männer das Feuer im Grill schürten, bot Christine in der Küche Sekt an. Keine gute Idee. Also, ich war ganz schön blau.«

Mia dachte an ihre Erkältung, die sie damals erwischt hatte, und wie sie am Morgen nach dem Fest aufgestanden war, um Wasser zu trinken. Ihr Hals hatte verdammt wehgetan. Und da hatte sie Ingo gesehen. In seinem Auto. Das draußen in die Einfahrt bog. Die Erinnerung loderte auf wie eine Flamme. Urplötzlich. Sie hatte gemacht, dass sie wieder ins Bett kam. Ingo wollte sie nun wirklich nicht über den Weg laufen, während alle anderen im Haus noch schliefen.

»Deswegen war Ingo der Hauptverdächtige. Weil er der Letzte war, der Daphne lebend sah!«

»Er hat sie nach Hause gebracht.« Simone legte eine gehörige Portion Empörung in ihre Worte, aber Mia kam es vor, als zweifelte sie selbst.

»Und wenn irgendwas vorgefallen ist auf der Fahrt? Wenn er Daphne umgebracht hat?«

»Um Himmels willen, Mia! Wieso hätte er das tun sollen?«

»Weil er sie betatscht hat? Vielleicht hat sie sich gewehrt, wollte alles ihren Eltern sagen?«

»Er hat *was*?«

»Er hat sich auch an mich rangemacht.«

Mia stützte sich schwer auf den Fahrradlenker. Ihr Atem ging schnell. Die Worte waren ihr einfach entschlüpft.

»*Was* hat er?«

»Er behielt seine Hände nicht bei sich. Daher wollte ich später nicht mehr babysitten bei den Hofstetters.« Es kam Mia vor, als könne sie all diese Dinge nie mehr aussprechen, ohne sich übergeben zu müssen.

»Warum hast du nie was gesagt?«, flüsterte Simone.

»Weil ich nicht konnte. Vorhin habe ich es Papa erzählt. Weil es mir auf den Geist geht, wie jeder alles geheim hält und versteckt. Vielleicht ist seine Übergriffigkeit des Rätsels Lösung! Vielleicht hat auch Monika was mitgekriegt und Ingo damit konfrontiert!«

Simone lachte auf. Ein bitteres und ironisches Lachen zugleich. »Dass du dich da mal nicht täuschst. Monika ließ keine Gelegenheit ungenutzt. Sie hatte Sex mit Ingo. In der Scheune, spät in der Nacht. André war da längst stockbesoffen im Bett und Christine auch. Monika vertrug was, das musste man ihr lassen.«

»Woher weißt du das?«

»Dein Vater ging ins Bett. Du hast schon längst geschlafen. Wir teilten ein Zimmer, weißt du noch? Da fiel mir auf, dass ich meine Handtasche in der Scheune gelassen hatte. Ich wollte sie holen. Als ich über den Rasen rannte, hörte ich unmissverständliche Geräusche. Trotzdem lugte ich um die Ecke. Und sah Monika. Mit Ingo. In der verfänglichsten aller Situationen.«

28.

Mia radelte kreuz und quer durch die Stadt. Die innere Unruhe trieb sie vom Hain in den Bamberger Norden und von dort zurück ins Zentrum. Am Kunigundendamm ließ sie das Rad von der Straße hinunter zum Radweg am Kanal rollen.

Sie hatte Ingo am frühen Morgen des 21. August, also nach der Grillparty, zurückkommen sehen. Das innere Bild war ganz deutlich. Wenngleich das alles vor knapp 15 Jahren geschehen war. Konnte sie ihrem Gedächtnis nach so langer Zeit trauen? Verschwammen da nicht einfach irgendwelche Eindrücke und Erinnerungsfragmente, die nichts miteinander zu tun hatten? Wo sollte Ingo schon gewesen sein? Was ging sie das überhaupt an? Und wie sollte sie die Aussagen ihrer Mutter einordnen? Warum rückte sie jetzt mit Monikas angeblichen Affären raus und unterstrich das alles, indem sie behauptete, Monika habe in der Nacht der Feier Sex mit Ingo gehabt?

Mia rauschte am Regensburger Ring auf die Brücke, die über den Kanal führte. In der engen Innenstadt schienen ihr auch ihre Gedanken eng und gedrückt. Hier, außerhalb der Altstadt, wo der Wind Raum fand, über das graue Wasser zu fegen, tat es ihr gut durchzuatmen. Sie bog Richtung Gaustadt ab und radelte über das Wehr auf die Erba-Insel. Das Gelände hatte einst einer Baumwollspinnerei gehört und war im Rahmen der bayerischen Landesgartenschau zu einem weitläufigen Park umgestaltet worden, an dessen Rand neben modernen Wohnblöcken auch ein Teil der Universität angesiedelt war. Mia stieg beim Wasserspielplatz ab. Trotz des kühlen Windes tobten dort Kinder herum. Sie fand einen Platz auf der Terrasse des *Café Zuckerstück* und bestellte eine Gemüsesuppe. Ihr war kalt. Doch die Starre, die sich ihrer bemächtigte, hatte nicht nur mit dem Wind zu tun, der in tückischen Böen herabfuhr.

Monika hatte Affären. War nicht die Heilige, als die Mia sie verehrte. So sah es ihre Mutter.

Ich muss eine Entscheidung treffen.

Sie löffelte ihre Suppe. Schob schließlich den Teller weg und rief Geuter an. Der Anrufbeantworter meldete sich.

Für einen Augenblick zögerte Mia, dann sagte sie:

»Hier spricht Mia Wagner. Mir sind zwei Details eingefallen, die hinsichtlich Monikas Verschwindens vielleicht wichtig sein könnten. Monika Böhme hat auf Intervention von Ingo Hofstetter ihren Traumjob bekommen, und es scheint, als hätte sie diese Gefälligkeit mit Sex bezahlt. Und ich habe am Morgen nach dem Grillfest gesehen, wie Ingo nach Hause kam.« Ihr stiegen Tränen hoch, und sie wusste nicht, warum. »Gegen 5.30 Uhr. Und er stopfte etwas in die Mülltonne. Das wollte ich Ihnen nur sagen. Vielleicht sind das wichtige Details. Tschüss.« Sie legte auf.

Eine Frau mit zwei kleinen Kindern fragte: »Dürfen wir uns zu Ihnen an den Tisch setzen?«

Mia wischte die Tränen weg.

»Sicher. Ich wollte sowieso gerade gehen.«

29.

»Ich weiß einfach nicht, ob ich André damit konfrontieren soll. Dass Monika Affären hatte.« Mia starrte auf ihren Coffee-to-go-Becher. Sie saß mit Lars am Schiffsanleger in Bambergs Mitte, mit Blick auf den Michaelsberg und den Dom und all die anderen Herrlichkeiten, derentwegen so viele Touristen die Stadt besuchten. Gerade jetzt, kurz vor Ostern, schlenderten die Leute gut gelaunt am Ufer entlang. Die Feiertage standen bevor, eigentlich war alles perfekt. So wünschte man sich das Leben. Wenngleich sich in Mias Innerem kein Gefühl von Entspannung und Fröhlichkeit ausbreiten wollte. Wahrscheinlich, weil erst das Sterben kommt, dachte sie. Heute Nacht. Und morgen die Leere und die Hoffnungslosigkeit. Karfreitag eben. Bloß dass dieser Karfreitag in meinem Leben schon eine Weile andauert. Obwohl ich es selbst nicht so richtig gemerkt habe.

»Wieso hast du eigentlich diesen alten Kommissar angerufen und nicht Eyrich?«, fragte Lars.

Mia zuckte die Schultern. In Lars' Gegenwart war plötzlich alles aus ihr herausgebrochen. Der Mann, der in der Nacht bei ihr geklingelt hatte. Der Brief. Die Gespräche mit ihren Eltern. Ingos Zudringlichkeit, die sie so lange verdrängt hatte. Ihre Erinnerung an Ingo am frühen Morgen des 21. August. Die diversen zusätzlichen Erinnerungsschnipsel, die sich in ihr Bewusstsein schlichen. Die Welt fühlte sich an wie in Watte gepackt.

»Wahrscheinlich vertraue ich Geuter einfach mehr.«

Lars sah zweifelnd drein. »Du glaubst, es war Ingo, oder?«

»Der Monika getötet hat?«

»Und Daphne. Monika kam ihm auf die Schliche, und er hat sie beseitigt.«

»Denkst du das wirklich?«

»Nein. *Du* glaubst es.« Lars lächelte. »Im Prinzip ist es stimmig. Ein Täter bringt zur Vertuschung seiner Tat eine Zeugin um. Er tötet Daphne, weil er Angst hat, sie könnte ausplaudern, dass er sich an junge Mädchen ranmacht. Monika kriegt das mit und konfrontiert ihn mit ihrem Wissen. Er tötet zum zweiten Mal.«

»Hm.«

»Es gibt nur ein paar Gegenargumente. Ich spiele mal den Advocatus Diaboli, wenn du nichts dagegen hast?«

»Nur zu.«

»Erstens: Selbst wenn Daphne darunter litt, dass Ingo sich an sie heranmachte, gab es keine Beweise. Das ist ja die Krux. Deswegen kommen so viele Männer aus diesen Geschichten ungeschoren davon. Aussage steht gegen Aussage. Ingo hätte ganz gelassen sein können. Zweitens.«

»Ja?«

»Ein Mädchen deshalb zu töten, steht in keinem Verhältnis. Einen Mord zu verdecken, über Jahre, wie soll das gelingen? Es müsste im Prinzip der perfekte Mord sein.«

»Womöglich war es das.«

»Zumindest wurde nie eine Leiche gefunden.«

»Meinst du, Daphne lebt noch irgendwo?«

»Solange man keine Leiche findet, kann man nicht

von Mord ausgehen. Insofern wäre es also das perfekte Verbrechen.«

Mia nippte am Kaffee. »Das ist mir klar. Doch wohin sollte Daphne sich damals abgesetzt haben? Eine 17-Jährige. Ohne Geld.«

»Vielleicht hatte sie ein Geheimnis? Einen neuen Freund, von dem niemand wusste und mit dem sie abhauen wollte?«, schlug Lars vor.

»Du, ehrlich: nach so vielen Jahren. Wenn sie noch lebt, wenn sie freiwillig abgetaucht ist – würde sie nicht wenigstens ihren Eltern ein Lebenszeichen gegeben haben?«

Lars zuckte die Achseln. »Viele Kinder brechen mit ihren Eltern. Sind zutiefst von ihnen enttäuscht, oder es gab Gewalt in der Familie, einen Vertrauensbruch. Mancherorts schwären Wunden, die nie mehr heilen. Die Betroffenen machen daher lieber einen radikalen Schnitt, als ewig zu leiden.«

Zweifelnd sah Mia auf den Fluss. Enten sammelten sich nahe der Kaimauer. Ein Kind warf Brotstücke ins Wasser. Sofort stieß eine Schar Möwen herab und machte den Enten die Leckerei streitig. »Und Monika? Wer hat sie umgebracht? Wieder ein perfekter Mord? Den ein Tier vereitelte, indem es den Schädel verschleppte?«

»Nehmen wir an, er hat Monika ermordet, und sie war das zweite Opfer. Aus Sicht des Täters ist es vernünftig, es auf dieselbe Art, die schon einmal erfolgreich war, zu tun.«

Mia lief es kalt den Rücken hinunter.

»Also meinst du, auch Daphne wurde der Kopf abgeschnitten?«

»Es soll Fälle geben, wo Mörder die Leichenteile im Hausmüll entsorgen. Ab in die Müllverbrennung damit. Da findest du nichts mehr. Nicht den kleinsten Knochen.«

Mia warf ihren Kaffeebecher in den Mülleimer neben sich.

Ingo, der etwas in die Mülltonne stopfte!

Ein Ausflugsschiff legte an, die Enten suchten das Weite. Plaudernd und lachend spazierten die Fahrgäste von Bord. Die Sonne glitzerte auf der Regnitz. Die Wellen brachen die Reflexe in Tausende kleine blitzende Lichter. Die Szenerie war zu schön, um über Mord zu reden.

»Hör mal, Mia. Möchtest du vielleicht bei mir übernachten? Nur zur Vorsicht?«

Er will mehr. Und nutzt die Situation aus.

»Ich fühle mich zu Hause nicht in Gefahr.«

»Nur ein Angebot. Hast du eigentlich mal daran gedacht, mit Daphnes Eltern zu sprechen?«

Mia sah ihn an. »Das wäre eine Idee!«

»Und mit Ingo Hofstetter natürlich. Du hältst ihn für den Mörder – frag ihn doch einfach, wie das damals war.«

»Du spinnst.« Mia musste lachen. »Meinst du, ich stehe bei ihm zu Hause auf der Matte und sage cool: ›Hallo, ich nehme an, Sie haben Monika Böhme auf dem Gewissen. Möchten Sie sich dazu äußern?‹«

»Sobald du genug Material gegen ihn zusammen hast. Siezt du ihn denn?«

»Wieso fragst du?«

Lars machte eine wegwerfende Geste. »Nicht so wichtig. Es signalisiert mir nur, dass du eine große Distanz zu Ingo fühlst.«

»Ich habe ihn ewig nicht gesehen.«

»Hast du Christine auch gesiezt?«

Mia dachte kurz nach. »Nein. Ist das irgendein Psychotest?«

Lachend hob Lars seinen Kaffeebecher, als wolle er Mia zuprosten.

»Natürlich nicht. Übrigens hat die Bamberger Polizei zurzeit nicht viele Kapazitäten. Hast du keine Zeitung gelesen? Im Hafen ist ein Doppelmord passiert. Angeblich ein Fall von Bandenkriminalität. Ich nehme an, Eyrich hat anderes zu tun, als in einem alten Fall zu stochern.«

»Umso besser, dass ich Geuter angerufen habe.« Mia schüttelte den Kopf.

»Liest du echt keine Zeitung?«

»Ich habe keine Zeit dafür.«

»Jagst du den ganzen Tag Mörder?« Es klang ein wenig spöttisch.

Jetzt wurde Mia wütend.

»Was geht dich das an?«

Er hob die Hände.

»Sorry, Mia, wirklich, das war nicht böse gemeint.«

Sie stand auf.

»Habe ich kapiert. Tschüss.«

30.

André schien wenig begeistert, als Mia bei ihm hereinschneite. Er war gerade von der Arbeit gekommen und hatte noch Essen für den Feiertag kaufen müssen.

»Man mag das ja kaum glauben bei einem Koch, aber mein Kühlschrank war tatsächlich leer. Komm rein«, fügte er an.

»Ich hätte gern für dich Besorgungen machen können.« Mia folgte ihm in die Küche. Eine Papiertüte stand auf dem Tisch, eine Porreestange schaute oben heraus.

Er legte den Kopf schief. »Lass gut sein. Wo brennt es denn?«

Mia fand diese Frage eigenartig. Vor drei Tagen erst hatten sie gehört, dass Monika mit Sicherheit tot war.

Als habe André ihre Gedanken gelesen, sagte er: »Eyrich hat mich angerufen. Der Kommissar von der Mordkommission. Sie haben den DNA-Test durchgeführt und können mit Sicherheit sagen, dass der Schädel … du weißt schon. Es ist Monika.«

»Oh Mann.« Mia wollte André die Hand auf den Arm legen. Er zuckte zurück.

»Willst du was trinken?«

»Nein, ich … ich wollte was mit dir bereden.«

»Ich höre.«

Mia ließ sich auf einen Stuhl sinken. Nun fragte sie sich, was sie André zumuten konnte. Wenn sie ihn mit der Untreue seiner Frau konfrontierte – würde ihm das die Situation nicht noch schwerer machen?

»Vorhin habe ich mit meiner Mutter gesprochen. Über die Grillparty, nach der Daphne verschwand.«

»Ach Mia. Hör doch endlich auf damit. Das macht Monika nicht wieder lebendig.« Er fing an, die Einkäufe auszupacken. »Ich koche mir eine Gemüsesuppe. Wenn du es nicht eilig hast, kannst du mitessen.«

»Danke, nein. Es ist nur so … also, meine Mutter hat mir erzählt, dass …«

»Warum so schüchtern?« André wusch den Porree und nahm ein Messer aus der Schublade. »Sag schon!« Er fing an, schmale Ringe zu schneiden.

Mia holte tief Luft. »Sie behauptete, Monika hätte Affären gehabt. Unter anderem mit Ingo Hofstetter.«

»Autsch.« Das Messer rutschte ab und schnitt in Andrés Finger.

»Tut mir leid!« Mia sprang auf. »Hast du irgendwo Pflaster?«

»Himmel noch mal, Mia, ich bin kein kleines Kind. Das hat Simone behauptet?«

»Ja, sie meinte sogar, sie hätte bei dem Grillfest, nach dem Daphne verschwand, Monika und Ingo in der Partyscheune in flagranti erwischt, als sie Sex hatten.«

André legte das Messer weg und steckte den blutenden Finger in den Mund.

»Pass mal auf, Mia. Es wird Zeit, dass du aus der Kinderrolle herauswächst. Deine Mutter ist frustriert und unausgeglichen. Sie ist diejenige, die sich ein anderes Leben wünscht und deshalb hinter anderen Männern her ist. So einfach ist das.«

»Du spinnst.« Mia wich alles Blut aus dem Gesicht. Sie hatte geahnt, dass es schlimm für André werden würde, aber dass er so ausrasten würde ...

»Genau die gleiche Geschichte hat mir Monika erzählt. Bloß mit einem Rollenwechsel. Wir haben doch übernachtet, alle zusammen, bei den Hofstetters. Monika und ich gingen ins Bett, vielleicht um zwei, drei in der Früh, genau weiß ich das nicht mehr. Du weißt, Monika hat ständig ihre Sachen verlegt. Ich habe mich oft über ihre Schusseligkeit mokiert. Wir lagen schon in den Federn, als sie noch mal aufstand. Weil sie ihre Handtasche in der Scheune vergessen hatte. Ich sagte, lass doch, macht nichts, hier in der Einöde schleicht bestimmt kein Dieb herum. Es kam, wie es kommen musste: Sie wollte die Tasche unbedingt holen und lief im Nachthemd raus. Es war eine warme Nacht, zwischendrin hatte es geregnet, aber die Luft war mild und roch ganz frisch. Wir hatten das Fenster offen. Ich stand auf und sah, wie Monika zur Scheune rannte. Da brannte Licht. Ich nahm an, dass Ingo am Aufräumen war. Plötzlich kam Monika wieder angeflitzt, die Hände vor dem Mund. Ich kannte sie gut genug, um zu wissen, dass sie sich das Lachen verbeißen musste.« André holte tief Luft. »Sie kam ins Zimmer, knallte die Tür hinter sich zu, hüpfte ins Bett und prustete: ›Weißt du, wer sich zum Schäferstündchen zusammengefunden hat?‹«

Mia musste lächeln. Monika hatte gern altmodische Wörter benutzt.

»Ich sagte, ich hätte keine Ahnung. Da platzte sie raus: ›Simone und Ingo!‹«

Das Lächeln in Mias Gesicht gefror. »Was für ein Quatsch!«

»Ich schwöre dir, das waren ihre Worte.« André betrachtete den Schnitt in seinem Finger, bevor er sich wieder dem Porree widmete. »Simone hat alles umgedreht. *Sie* hatte die Affären. Frag deinen Vater. Er weiß es. Sogar bei mir hat Simone mal auf der Matte gestanden und sich aussprechen wollen. Im Restaurant tauchte sie auf. Machte mir Avancen. Ich habe abgelehnt.«

Mias Herz hämmerte. Sie fühlte den wilden Wunsch, ihre Mutter zu verteidigen.

André kam ihr zuvor: »Wir sind alle erwachsene Menschen. Die Praxis ist für deine Mutter eine lästige Pflicht. Sie hat nun mal diesen Job, macht ordentlich Kasse damit, aber von Monika wusste ich, dass es ihr nicht viel Freude bereitete. Jedenfalls damals.«

Ihre Mutter war nicht glücklich. Nicht glücklich. Dabei hatte Mia immer gedacht, sie habe den Traumjob für sich entdeckt.

»Sie wirft mir vor, dass ich immer noch keine Stelle habe«, murmelte sie.

»Klar, so ist Simone: Sie überträgt ihre eigenen Zweifel und Wünsche auf andere. Stellt es so hin, als wäre ihr Lebensweg der ideale, während alle anderen notgedrungen die zweite Geige spielen. Dabei weiß sie ganz genau, dass es so nicht ist. Du meinst, du müsstest mich schützen und behüten und umsorgen. Weil ich Monika verloren habe. Aber ich bin auch gewachsen in den letzten Jahren, Mia.«

»Entschuldige. Das wollte ich nicht in Abrede stellen.«

Die Lauchringe lagen grün und gleichmäßig auf dem Schneidbrett. André betrachtete sein Werk einen Augenblick, bevor er sich zu Mia umdrehte.

»Komm. Ich zeige dir was.«

Er ging ihr voraus ins Wohnzimmer. Mia kam ihm nach. Es fühlte sich an, als müsste sie Zentner an Gewicht mit sich schleppen.

Meine Mutter ist nicht glücklich. Sie macht sich was vor. Und uns auch.

Lustlos sah sie zu, wie André einen schmalen Karton aus dem Schrank zog.

»Hier. Das sind Monikas Tagebücher. Ich habe sie gefunden, als ich das Haus neben dem deiner Eltern räumen musste. Wie du dir denken kannst, habe ich es nicht übers Herz gebracht, sie wegzuwerfen. Erst im letzten Jahr, als sie zehn Jahre lang weg war, habe ich mich aufgerafft, endlich reinzuschauen.« Er ließ den Karton auf den Couchtisch fallen. »Lies sie.«

Baff starrte Mia André an. »Ich soll sie lesen?«

»Du glaubst mir sonst nicht, nehme ich an.«

Ohne ein weiteres Wort stapfte er zurück in die Küche.

31.

Mia starrte auf den Karton, als handle es sich um ein bösartiges Wesen von einem anderen Stern. Langsam beruhigte sich ihr Herzschlag. Sie trat näher, so behutsam, als könnten aus der Schachtel plötzlich giftige Dämpfe entweichen.

Okay, nur Mut. Mia öffnete den Karton. Vier Kladden lagen darin. Zuerst sortierte sie die Unterlagen nach Datum. Das letzte Tagebuch endete im Herbst 2004.

Es wäre schön, wenn Lars jetzt hier wäre.

Nur war sie auch sauer auf Lars. Weil der – wie ihre Eltern – den wunden Punkt getroffen hatte: ihre Unentschlossenheit in Sachen Arbeitsuche. Er lag ja richtig! Sie besaß die Freiheit, das zuzugeben, wenigstens vor sich selbst. Sie kam nicht in die Gänge. Statt nach Stellenangeboten zu suchen und Bewerbungen zu schreiben, statt sich aufs Geratewohl in Museen vorzustellen, erfand sie eine Ausrede nach der anderen, warum jeder Versuch sowieso sinnlos war. Lars, der Psycho-Onkel, hatte das natürlich sofort bemerkt. Und die Sticheleien ihrer Mutter heute …

Wenn André recht hatte!

Er hat mich noch nie belogen. Mama hatte was mit Ingo Hofstetter. Was bedeutet das? Bedeutet es überhaupt irgendwas? Und wie oft war das? Nur einmal – in jener Nacht? Ein One-Night-Stand, beide betrunken, in Sommerstimmung?

Mia griff nach dem ersten Tagebuch. Es begann 2000. Sie vertiefte sich in Monikas vertraute Handschrift. Sie war damals gerade 26 gewesen und Studentin.

Sie war jünger, als ich jetzt bin!

Die Notizen enthielten hauptsächlich Schilderungen von Schwierigkeiten, die Monika im Hinblick auf ihren Studienabschluss auf sich zukommen sah. Rivalität unter Studenten, Probleme mit Profs, Fächer, in denen sie fürchtete durchzufallen. Das Buch endete, ohne dass Mia irgendwelche Schlüsse aus dem Geschriebenen ziehen konnte. Das zweite Buch war genauso gehalten. Es endete im Jahr 2002 mit dem Eintrag:

Hurra, Abschluss geschafft!

Mia musste grinsen. Monika hatte einen Strauß Luftballons gezeichnet, die sich allmählich voneinander lösten und in den Himmel trieben.

Ich habe ganz vergessen, wie gut sie zeichnen konnte.

Mia wischte eine Träne weg. Es tat weh, Monikas Gedanken zu lesen, aber es tat auch gut, beides zugleich.

Das dritte Tagebuch begann im Januar 2003.

Ich hatte mir eigentlich vorgenommen, am Ball zu bleiben mit dem Tagebuch, aber ich hab's nicht hingekriegt. Na, vielleicht jetzt? Mein befristeter Job endet in drei Wochen. Ich muss dringend was anderes finden oder auf eigene Rechnung arbeiten. Na ja, es war meine erste Stelle nach dem Studium. Ist schon in Ordnung.

Tatsächlich hielt Monika ihren Vorsatz durch, mit dem Tagebuchschreiben fortzufahren. Sie fand keinen neuen Job, arbeitete daher als freie Architektin und bekam zunächst keine, dann plötzlich so viele Aufträge, dass sie nicht alles schaffte und Interessenten absagen musste, was sie wiederum frustrierte. Sie schilderte jedoch auch den Spaß, den sie mit André hatte, der in einer Großküche beschäftigt war und dessen Arbeitszeiten ihrem Liebesleben sehr zupass kamen.

Andere Köche schuften die halbe Nacht, wir machen es uns nach der Tagesschau auf dem Sofa gemütlich. Und dieser Depp träumt davon, sein eigenes Restaurant zu haben! Na warte, wenn sein Wunsch in Erfüllung geht, müssen wir uns warm anziehen

Es folgten ein paar Smileys.

Mia überblätterte einen Großteil der folgenden Seiten. Monika schrieb über Freundinnen, ihre Pläne, ihren Kinderwunsch, ihre Hoffnungen auf eine schönere Wohnung oder ein Haus, das sie natürlich am liebsten selbst bauen würde, wenn sie erst einmal genug verdiente. Manche Einträge signalisierten ihren Frust: Sie ackerte wie ein Hafenkuli, bekam aber zu wenig Geld. Sie klagte nicht offensichtlich: Ihr Unbehagen machte sich zwischen den Zeilen bemerkbar. Manchmal erwähnte sie die Wagners oder die Hofstetters.

Ende 2003:

Im Prinzip hat sich nicht viel geändert. Außer, dass ich älter werde.

Dann 2004. Mia wurde aufmerksam, als sie las, wie Monika den Freundeskreis beschrieb, zu dem auch ihre Eltern gehörten:

2.2.2004

Wir kennen uns ja schon recht lange, aber richtig unternommen haben wir bisher wenig zusammen. Das Meiste besteht aus Treffen in Restaurants. Das fällt flach, seit Christine Mutter ist. Ich habe vorgeschlagen, doch mal an einem Wochenende wegzufahren. Zu wandern. Ehrlich gesagt hoffe ich, Ingo ein bisschen besser kennenzulernen. Im Moment fehlt mir noch der Mut, ihn in Sachen Job um Hilfe zu bitten. Simone hat mich ermuntert, ihn zu fragen. Er hat Verbindungen zu diesem Planungsbüro in der Willy-Lessing-Straße, es wäre zu schön, wenn ich dort arbeiten könnte

Mia blätterte weiter.

28.2.2004

Ich habe mir ein Herz gefasst und Ingo angesprochen. Er hat sich bereit erklärt, in dem Planungsbüro vorzufühlen. Ich könnte tanzen!

Mia ertappte sich dabei, wie sie mit ihrer Freundin jubeln wollte.

Sie ist tot.

Beim Lesen der Tagebücher war es so leicht, genau das zu vergessen!

Die Einträge bis zum August blieben sehr kurz, meist ging es um Geldfragen, die sich um Andrés Plan drehten, ein eigenes Restaurant zu eröffnen. In der Woche vor Ostern schrieb Monika, André habe jetzt den Traumjob, sein eigenes Restaurant.

Und ich stehe nach wie vor im Regen. Ingo behauptet, er sei an der Sache dran. Was immer das heißt. Weiß man bei Ingo sowieso nie.

21. Juni 2004
Ich habe den Job. Glaube es kaum selbst. Zum 1. Oktober kann ich anfangen! Habe lange nichts darüber geschrieben. Ich wollte mich selbst nicht verrückt machen, habe die Bewerbung einfach in den Hinterkopf verbannt. Es

hat geklappt! Blindes Huhn findet auch mal und so weiter. Oder eben Vitamin B. Dank Ingo hat es geklappt.

Damit endeten die Einträge. Enttäuscht räumte Mia die Kladden zurück in den Karton. Jetzt lag nur noch eine da – ein schwarzes Moleskine-Notizbuch. Wie elektrisiert sah Mia auf das Datum des ersten Eintrags. Monika hatte zehn Tage nach Daphnes Verschwinden mit den Eintragungen begonnen.

30.8.2004
Das Unsagbare aufschreiben – ich kann es kaum, muss es aber, sonst werde ich verrückt. Wo bitte ist Daphne abgeblieben? Christine ist total durch den Wind. Da haben wir endlich mal eine richtige Party gefeiert ... und dann passiert so was. Wenn ich dran denke, dass Simone und Ingo noch miteinander geschlafen haben! Aber wer konnte denn wissen, dass Daphne einfach wie vom Erdboden verschluckt ist.

31.8.
Ich habe beschlossen aufzuzeichnen, was ich noch weiß aus dieser unseligen Nacht.

Wir kamen gegen fünf am Nachmittag zu den Hofstetters. Jakob war ein bisschen krank, doch er freute sich über die Geschenke. Daphne spielte mit ihm. Er hatte ein Auto bekommen – die Wagners immer mit ihren teuren Geschenken! Obwohl sie doch finanziell momentan ziemlich am Limit sind! Da konnten André und ich mit unserer Sonnenmütze nicht mithalten. Die Männer wurstelten mit dem Grill rum, und Christine bat Simone und mich in die Küche. Wir richteten die Salate an. Dazu gab es Sekt. Simone hat ihren gleich geext. Sie trinkt ganz schön was!

Christine hat ihren kaum angerührt. Sie war überhaupt schlecht drauf an dem Tag. Ich schob das auf die ganze Arbeit, die sie mit den Partyvorbereitungen hatte. Deswegen war wohl Daphne da, damit jemand sich um Jakob kümmert. Jedenfalls: Das fast volle Glas stand noch in der Küche, als wir raus zur Scheune gingen. Später gab es Radau, weil Jakob in der Küche von einem Hocker gestürzt war. Ich weiß nicht, ob jemandem aufgefallen ist, dass nun alle Gläser leer waren. Entweder hat Daphne das von Christine ausgetrunken. Oder Jakob hat das gemacht, in einem unbeobachteten Moment! In dem Alter treiben die Kleinen allen möglichen Blödsinn. Christine hat ihren Sekt sicher nicht selbst geleert, sie war ja mit uns draußen.

Wegen Jakobs Sturz machte Christine einen Riesenaufstand und hackte auf Daphne herum. Das arme Mädchen tat mir leid. Sie war ganz blass. Später sagte sie, es ginge ihr nicht gut. Ingo fuhr sie heim. Da schlief Jakob schon. Es war ja kein Thema, dass wir abwechselnd reingingen und guckten, ob mit ihm alles okay war. Ich glaube wirklich, der Kleine hat den Sekt getrunken. Meine Güte.

Ingo hat mit dem Kind überhaupt keine Geduld. Ich hoffe, André macht das besser, wenn wir mal Kinder haben. ☺ *Der gute Ingo hat seinem Sohn eine gescheuert. Ich bin gerade reingegangen, wollte zur Toilette. Carsten war drin. Also ging ich in die Küche und machte mich da nützlich. Jakob kam angerannt, er weinte, machte einen Zwergenaufstand auf dem Flur, warum auch immer, war extrem quengelig. Christine war draußen und Ingo genervt, also haute er dem Kleinen eine runter. Gerade da kam Carsten aus dem Klo. Er musste es gesehen haben. Ich hab's ja auch gesehen, das Kindergeschrei hat mich angelockt.*

Ich bin ein Aas. Ich habe nichts gesagt. Zu Ingo, meine ich. Ich hätte ihn doch zur Rede stellen sollen, oder? Wer schlägt denn sein Kind! Carsten hat auch nichts gesagt. Er hat nur kurz Ingo angesehen und ist raus zur Scheune.

Ich frage mich, ob Ingo öfter die Hand ausrutscht. Und wenn ja, ob Daphne das wusste.

Ein paar Minuten starrte Mia wie gelähmt auf Monikas gleichmäßige Handschrift. Schließlich raffte sie sich auf und las weiter.

1.9.2004
Die Polizei lässt uns keine Ruhe. Das ist hart. André und ich sehen uns kaum, er rackert sich im Restaurant ab. Alles ist neu, er hat die Verantwortung. Allein aus Zeitgründen könnten wir uns wirklich nicht absprechen. Das schieben uns die Ermittler nämlich in die Schuhe: Dass wir wissen, was mit Daphne ist, aber nichts sagen. Das Wort »Mord« steht im Raum. Mir wird bitterkalt allein bei dem Gedanken. Wenn einer von uns ein Mörder ist?

Ingo ist der Letzte, der sie gesehen hat. Er hat sie heimgefahren. Und wirklich, es dauerte eine ganze Weile, bis er zurück war. Mein Zeitgefühl lässt mich im Stich. Christine meinte, um halb zehn war er wieder bei uns, das wäre fast eine Stunde Abwesenheit für drei Kilometer ins Nachbardorf und zurück. Er sagte, er hätte mit

Daphne nach einem Ersatzhausschlüssel suchen müssen. Weil sie ihren nicht fand. Sie hätten im Garten rumgesucht und ihn in einem Blumenkasten auf der Terrasse gefunden.

Also, ich weiß echt nicht!!!!!

2.9.2004
Ingo war am Morgen nach dem Grillfest todmüde. Vielleicht hat er gar kein Auge zugemacht. Wer weiß, wie lange er und Simone ... Immerhin fing es am frühen Morgen wieder zu regnen an. Ganz schön heftig. Ich bin wach geworden, weil der Regen gegen das Fenster trommelte. Haha, sie hätten wirklich behaupten können, sie wollten nicht nass werden und seien deshalb in der Scheune geblieben.

Es tut mir leid für Christine. Sie war mit Jakob ja schon vorher total ausgelastet. Der Druck durch die Ermittlungen und die Angst um Daphne ... das macht sie wirklich fertig. Sie schläft keine Nacht, hat sie mir anvertraut. Daphnes Eltern machen Christine und Ingo keine Vorwürfe. Sie haben sich gestern getroffen, Christine bat mich spontan dazu zu stoßen. Ingo hat sich unheimlich fair verhalten. Vielleicht passt das Wort nicht, aber er sagte in etwa, er könnte verstehen, wenn die Fiederers ihn beschuldigten. Doch Daphnes Vater widersprach. Ingo hätte Daphne ja sogar ins Haus gebracht. Sich drum gekümmert, dass sie sicher und wohlbehalten daheim war. Sie schießen sich drauf ein, dass Daphne am Sonntag irgendwo hingegangen ist. Sich mit jemandem getroffen hat. Bloß hat keiner eine Ahnung, mit wem.

10.9.2004

Ingo kann mich mal. Er führt sich auf wie ein Feldherr, ist unfreundlich und hat mir gestern doch glatt ins Gesicht gesagt, meine ständige Anwesenheit im Haus sei nicht erwünscht. Wobei er sich nicht so vornehm ausgedrückt hat. »Lass uns endlich in Ruhe!« Das waren seine Worte.

Wenn ich zu den Hofstetters rausfahre, mache ich das wirklich nur wegen Christine. Sie braucht Hilfe mit Jakob und jemanden zum Reden. Die Leute im Dorf betrachten sie und Ingo als Mörder. Ihnen wird unterstellt, etwas zu verheimlichen. Das Gerücht besagt, dass unsere ganze Clique einen Plan ausgekocht hat, um Daphne was anzutun. Von einer Sexparty ist die Rede. Die spinnen doch alle! Ingo steht im Kreuzfeuer, weil er Daphne heimgefahren hat, sie als Letzter gesehen hat. Nehmen wir doch einfach mal an, er sagt wirklich die Wahrheit: Das heißt doch, er kann nichts dafür und sieht sich mit einer Hetze konfrontiert, der niemand auf Dauer standhalten kann. Natürlich hoffen wir alle, dass Daphne bald wieder nach Hause kommt. Die Polizei hat sich jetzt auf ihren Freund eingeschossen, aber der ist am 18.8. mit Kumpels nach Mallorca geflogen und erst am 25.8. heimgekommen.

Ein besseres Alibi kann man nicht haben.

Könnte Daphne jemand anderen kennengelernt haben? Ihre Mutter glaubt das nicht. Wer weiß. Mit 17 ist jedes Mädchen undurchschaubar.

12.9.

Ich kann nicht mehr mit Ingo auskommen. Ich bin ihm dankbar für den Job. Aber ... alles lasse ich mir auch nicht gefallen.

Damit endeten die Eintragungen.

Lars hatte unrecht. Monika schrieb nichts darüber, dass Ingo sich an Mädchen heranmachte. Aber sie wusste von Ohrfeigen. Anscheinend ziemlich heftigen Ohrfeigen.

Und das Opfer war Jakob.

32.

André kam ins Zimmer, einen Teller mit Suppe in der Hand.

»Hier. Iss mal was.«

Mia hob den Kopf. Sie hatte geweint. Nur kurz. Dann war die Wut hochgekocht. Auf ihre Mutter. Auf Monika. Auf die Lügen, die sich in der Clique anscheinend bis heute hielten und ein Eigenleben führten.

»André, wusstest du, dass Ingo Jakob geschlagen hat?«

Behutsam stellte André den Teller ab und reichte Mia einen Löffel. »Probier mal. Mit frischem Koriander.«

»Sag schon!«

»Ich habe nie gesehen, dass Ingo den Kleinen geschlagen hätte. Monika jedoch wusste davon. Vertraute es mir an. Viel später. Als die Ermittlungen uns endlich eine Ruhepause gönnten.«

»Hat sie das der Polizei gegenüber erwähnt?«

André ließ sich stöhnend neben Mia auf das Sofa sinken. »Ehrlich gesagt, das weiß ich nicht mehr. Mir hat sie es jedenfalls erzählt. Dass sie es gesehen hätte. Und Carsten hätte es auch mitbekommen.«

Mia holte tief Atem.

Papa hat es gesehen und nichts gesagt!

Die Wut flammte erneut auf. Mia starrte auf den dampfenden Teller. Ihr Hals war wie zugeschnürt. Sie würde nichts runterbringen, da mochte die Suppe noch so köstlich duften.

»Warum habt ihr das nicht der Polizei gesagt? Es könnte wichtig sein!«

»Weil einer, der seinem Kind mal eine schmiert, auch Menschen umbringt?«

»Mal eine schmiert! Jakob war drei! Und sein Vater knallt ihm eine. Wer das tut, hat einen Hang zu Gewalt, wenn du mich fragst.«

»Mach mal halblang.« André deutete auf Mia. »Niemand ist ohne Fehler. Das ist Punkt eins. Und Punkt zwei: Auch ich habe als Kind und Jugendlicher von Zeit zu Zeit eine gefangen. Ich bin daran nicht gestorben.«

»Was für eine beknackte Ausrede.«

»Du hast kein Kind, Mia.«

»Als wenn das der Punkt wäre!« Sie rührte in der Suppe.

»Iss jetzt. Niemand wird lebendig, wenn es uns schlecht geht. Glaub mir, das musste ich in all den einsamen Jahren lernen.«

»Vielleicht wird niemand mehr lebendig. Aber belogen zu werden … von den eigenen Eltern.«

Und von Monika.

»Jetzt mach mal einen Punkt!« André stand auf. »Wer, meinst du, bist du? Die höhere Tochter, der man alle Widersprüche und Probleme aus dem Weg räumt? Damit sie die eine, wahre, wunderbare Welt kennenlernt, in der alles ehrlich, nett und sauber ist? Du solltest realistischer sein in deinem Alter.«

Mit offenem Mund starrte Mia André an.

»Also wirklich, Mia, so ist das Leben! Es klappt nicht immer alles so, wie man es sich wünscht. Manches läuft schräg. Simone hat mit Ingo geschlafen. Na und? Deswegen hattest du keine unglückliche Kindheit, oder?«

»Und Papa? Wie geht es ihm wohl damit?«

»Wenn Carsten mit den Affären seiner Frau ein Problem hat, muss er das mit ihr klären. Ganz sicher nicht mit seiner Tochter. Das geht dich nichts an, Mia. Das ist eine Sache, die deine Eltern miteinander klären müssen.«

Sie wollte widersprechen, doch ihre Kraft reichte nicht.

»Ich glaube, Papa hat nichts gesagt, weil er Ingo nicht verärgern wollte. Was, wenn der sein Geld zurückgefordert hätte?« Sie seufzte. »Er hat mir heute erst erzählt, dass Ingo ihm und Mama aus der Patsche geholfen hat. Ich habe damals nicht mitbekommen, dass sie finanzielle Probleme hatten. War nur sauer, dass wir nicht in den Urlaub fahren konnten.«

»Sag ich doch: Ganz die höhere Tochter.« Gutmütig knuffte André Mia in die Seite.

»Kurz vor den Sommerferien schlug Ingo bei uns auf. Da muss er meinen Eltern Geld gegeben haben. Denn ich hörte, wie Papa sagte: ›Das vergesse ich dir nie.‹ Er war Ingo wahnsinnig dankbar. Es scheint, als wären die finanziellen Schwierigkeiten weit übler gewesen als ein vorübergehender Engpass. Das war der Grund, André. Deshalb schaute er weg.«

Das gab dem Ganzen wirklich eine neue Wendung. Dieser Kredit veränderte alles. Mia machte sich über die Suppe her.

»Hm, köstlich.«

»Freut mich. Es gibt noch mehr.« André sah ihr beim Essen zu.

»Und weißt du, was? Zunächst dachte ich, Papa wusste, dass Ingo mich angefasst hat. Aber es ging nicht darum. Es ging um die Ohrfeigen.«

»Bitte was? Ingo hat …«

»… mich begrapscht. Und er muss es bei Daphne auch gemacht haben.«

»Verdammt.«

»Ich habe nie irgendwem davon erzählt. Bis heute. Meinen Eltern. Und auch nur, weil ich herausfinden wollte, ob sie es wussten.«

»Nie im Leben. Das hätten beide keinesfalls toleriert.«

»Wusstest du …?«

»Du lieber Himmel, Mia! Ich hätte das genauso wenig hingenommen.«

Sie schwiegen eine Weile.

In der Stille war das Kratzen des Löffels im Teller unnatürlich laut.

Monika hat nicht gewusst, dass Ingos Hände manchmal spazieren gingen. Sie kann es nicht gewusst haben. Woher auch.

»Monika war sauer, weil Ingo sein Kind geschlagen hat. Sie nahm an, dass Jakob Christines fast volles Sektglas ausgetrunken hat. Ich muss Christine fragen, ob das so war. Und vielleicht hat Monika bei dem Treffen im Café, das kurz vor ihrem Verschwinden stattfand, über die Schläge gesprochen. Christine kann das nie und nimmer verborgen geblieben sein. Womöglich war Ingos Unfähigkeit, seinem Sohn gegenüber seine Brutalität zu zügeln, der echte Grund, warum sie ihn verlassen hat. Sie musste ihr Kind in Sicherheit bringen!«

»Noch Suppe?«

»Nein danke.« Mia schob den Teller weg. »Was sagst du zu dieser Theorie?«

»Ich sage dazu: Willst du hier übernachten? Guck mal auf die Uhr. Fahr lieber nicht mehr mit dem Fahrrad nach Hause. Ich mag diese Unterführungen nicht.«

Mia schauderte beim Gedanken an die düstere Bahnbrücke, unter der sie durchradeln musste, wenn sie nach Hause wollte.

»Du kannst mein Bett haben. Ich schlafe auf dem Sofa.«

»Nein, André.«

»Ich sehe manchmal die halbe Nacht fern. Dann mache ich es mir sowieso hier im Wohnzimmer gemütlich. Basta.« André erhob sich. »Weißt du, ich glaube, da kann was dran sein. Ingo mag seinen Sohn öfter geschlagen haben. Das ist verwerflich. Aber alles andere ist Spekulation. Dass Simone mit Ingo geschlafen hat, bedeutet nicht, dass sie weiß, was mit Monika passiert ist. Vier Jahre später! Oder wo Daphne abgeblieben ist. Und ich bin mir sicher, dein Vater hätte keinen Mord gedeckt.

Er ist ein integrer Mann. Zudem hatte er sich nach vier Jahren, als Monika verschwand, finanziell längst erholt. Garantiert hat er Ingo das Geld zurückgezahlt. Damit war die Abhängigkeit, die ihn hätte zum Schweigen bringen können, beseitigt. Nein, Mia, du rührst in familiären Angelegenheiten bei deinen Eltern und bei den Hofstetters, die zugegebenermaßen schmutzig rüberkommen. Aber daraus ergibt sich nichts. Keine Erkenntnis, verstehst du?«

André ging in die Küche. Mia blickte ihm nach. Sie hörte Wasser rauschen. Stand auf und folgte ihm.

»Hast du das ernst gemeint mit der höheren Tochter?«

André drehte sich zu ihr um. »Wir kennen uns, Mia. So lange schon. Wir haben einander immer beigestanden. Du vor allem mir. Ich weiß, dass es auch für dich nicht leicht war, das mit Monika. Im Gegenteil, du warst sehr jung und unversehens in diese Katastrophe involviert.«

»Was meinst du damit?«

»Ich will nur ehrlich sein. Dir gegenüber. Ja, du bist verwöhnt und kommst nicht in den Quark. Du meinst, du stündest auf eigenen Beinen, weil du in dieser mickrigen Wohnung wohnst und dich für unabhängig hältst. Du machst dir was vor. Such dir einen Job! Und wenn du in einem Café kellnerst.«

Mia blickte zu Boden.

»Sei nicht sauer.« Er kam zu ihr und legte den Arm um ihre Schultern.

Sie lehnte sich an ihn. »Du bist leider nicht der Erste, der mich heute so drangsaliert.«

»Nichts liegt mir ferner!«

Sie hob die Hand. »Ich wollte nur sagen, danke, dass du so klar sagst, was du denkst. Das weiß ich wirklich zu schätzen.«

Er drückte Mia kurz an sich. »Ich gehe das Bett neu beziehen.«

Während Mia ihm nachsah, dachte sie an Daphne. Wenn Ingo die Hand ausgerutscht war, am Tag der Party, war das bestimmt nicht das erste Mal. Er hatte dem kleinen Jakob öfter eine geklebt. Christine musste das mitbekommen haben. Sie war die Mutter. Und Daphne hatte wahrscheinlich ebenfalls Bescheid gewusst.

Daphne ...

33.

Aus dem Wohnzimmer waren Bruchstücke einer Nachrichtensendung zu vernehmen. Mia zog die Vorhänge von Andrés Schlafzimmer zu und kickte ihre Schuhe weg.

André hatte sein Bett frisch mit knallgrüner Bettwäsche bezogen. In dem winzigen Zimmer war penibel aufgeräumt. Nicht eine Kleinigkeit lag herum. Lesebrille und Buch hatte André vom Board über dem Kopfende genommen, als er Mia eine gute Nacht wünschte. Sogar einer seiner Schlafanzüge lag da: weich und flauschig, nach Rosenholz duftend.

Sie mochte André. All die Jahre hatte sie seine Selbstbeherrschung bewundert. Wie er seine Trauer in den Griff bekommen hatte, nötigte ihr Respekt ab, obwohl sie oft über seine Betulichkeit gelächelt hatte. Jetzt wurde ihr bewusst, dass die Struktur in den kleinen Dingen seines Lebens ihm die Kraft gegeben hatte, auch die großen Linien nach und nach wieder unter Kontrolle zu bekommen.

Er lag wohl richtig damit, sie als höhere Tochter zu kritisieren. Wahrscheinlich wurde es Zeit, dass sie sich aus dieser Rolle befreite.

Eine passende Erkenntnis für diese Nacht. Die Nacht, in der Jesus gefangengenommen wurde und das Unglück seinen Lauf nahm. Eine Nacht, in der sich alles ändert ...

Mia setzte sich auf das Bett und zog sich aus. Jeans, Sweater. Sie achtete nicht besonders auf ihre Kleidung. Ihr Aussehen war ihr egal. Im Studium hatte sie oft bunte Röcke und enge Oberteile getragen, witzige Stiefel vom Flohmarkt. Jetzt schlüpfte sie jeden Tag in die gleichen Sachen. Weil es nicht drauf ankam.

Dennoch machte Lars sein Interesse an ihr mehr als deutlich.

Lars ...

Der mich auch für eine höhere Tochter hält.

Sie schrieb ihm eine Nachricht.

Noch während sie tippte, kam eine von ihm.

Bist du nicht zu Hause?

Sie antwortete:
Nein, ich übernachte bei einer Freundin.
Es dauerte ein paar Minuten, in denen sie unverwandt auf das Display starrte.
Ich bin bei dir vorbeigefahren. Nur, um sicherzugehen.
Sie rief ihn an.
Er nahm sofort ab. »Hi, Mia!«
»Hi! Sag mir nicht, du hängst in meiner Straße ab.«
»Nicht direkt.« Es kam zögernd.
»Also doch?«
»Na ja, ich dachte, irgendwie kam mir das mit diesem Typen und dem Brief eigenartig vor. Da will dich einer einschüchtern.«
»Und jetzt hältst du Wache?«
Er ist wirklich süß. Eigentlich nicht mit Geld zu bezahlen.
»Nein, ich habe nur mal vorbeigeschaut.«
Wenn dies die Nacht der Läuterung ist, verdient er eine Entschuldigung.
»Hör mal, Lars, es tut mir leid, unser Gespräch heute ist nicht ideal verlaufen. Zurzeit hacken viele auf mir herum. Das soll keine Entschuldigung sein. Ich reagiere einfach genervt, wenn man meine Untätigkeit anspricht.«
»Ich wollte dich nicht …«
»Nein, das war schon gut so. Es mag für dich wie eine Ausrede klingen, aber ich habe wirklich Probleme, mich für die Jobsuche zu motivieren. Wohin auch immer ich bisher eine Bewerbung geschickt habe, es kamen nur Absagen.«
»In solchen Fällen hilft es, die Bewerbungen etwas zu würzen. ›Upspicing‹ nennt man das.«

Mia grinste. Sie schlüpfte unter Andrés grünes Oberbett.

»Ich komme drauf zurück. Bist du an Neuigkeiten in unserem Fall interessiert?«

Lars räusperte sich. »Klar.«

»André hat mir Monikas Tagebücher übergeben.«

Stille. Schließlich sagte Lars:

»Du übernachtest bei ihm, richtig?«

Verdammt, vor diesem Mann kann man wirklich keine Geheimnisse haben.

»Ich …«

»Habe ich mir gedacht. Du hast keine Freundin, bei der du unterkriechen könntest.«

Mia lachte auf. »Wie kommst du denn darauf?«

Es ist albern zu widersprechen. Als könnte ich eine Liste von 20 Namen runterrattern.

»Du bist ein einsamer Typ. Solche Leute öffnen sich nicht. Die gehen nicht mit einer Freundin Kaffee trinken und quatschen sich aus. Stattdessen ziehen sie sich zurück und bleiben mit sich allein.« Wieder Stille. Dann: »Entschuldige. Es geht mich nichts an.«

Aus der Leitung drang das Geräusch eines vorbeifahrenden Wagens. Ziemlich laut.

Er hockt vor meiner Wohnung. In seinem Transporter.

»Aus den Tagebüchern gehen zwei Sachen hervor: Monika war Ingo dankbar für den Job, den er ihr verschafft hatte. Sie fühlte sich den Hofstetters verpflichtet. Nach der Sache mit Daphne benahm Ingo sich ihr gegenüber zunehmend grob. Zwar war sie viel bei den Hofstetters, aber sie lässt durchblicken, dass sie vor allem Christine beistehen wollte. Die sehr unter der Situation litt.«

»Natürlich. Jeder Mensch würde darunter leiden.«

Psycho-Onkel durch und durch, dachte Mia, aber Lars' Einlassung ärgerte sie nicht weiter.

»Und die zweite Sache: Ingo schlug Jakob. Ziemlich hart offenbar. Der Kleine war gerade drei. Die Frauen hatten Sekt in der Küche getrunken, ein Glas blieb übrig. Jakob muss das ausgetrunken haben. Natürlich war er daraufhin unleidlich und …«

»… und sein Vater hat die Geduld verloren?«

»Er gab ihm eine Ohrfeige. Monika sah es von der Küche aus. Und zur gleichen Zeit kam mein Vater aus der Gästetoilette.«

»Also hat er das auch gesehen.«

»Ja.«

Er hat es gesehen, den Schwanz eingezogen, Ingo gedeckt.

»Zwei Erwachsene haben eins und eins zusammengezählt«, fuhr sie fort. »Monika schien davon überzeugt, dass es nicht das erste Mal war, dass Ingo die Hand ausrutschte.«

»Also nahm sie an, auch die Babysitterin hätte das schon mitgekriegt.«

»Eben! Eventuell hat sie Ingo sogar darauf angesprochen. Und er ist ausgerastet.«

»Bloß: Warum hat Christine zu Monika was von Frischfleisch gesagt? Das weist doch eindeutig in eine andere Richtung.«

Aus dem Wohnzimmer hörte sie, wie André den Fernseher ausstellte.

Von wegen, er guckt die ganze Nacht.

Leise sagte sie:

»Es weist auf Affären hin. Ingo hat eine neue Frau. Sie bekommt ein Kind von ihm.«

»Ingo Hofstetter«, murmelte Lars. »Warte mal kurz.«

Mia streckte sich unter der warmen Decke aus. Mit einem Mal war sie todmüde. Nach der unruhigen vergangenen Nacht sehnte sie sich danach durchzuschlafen.

»Der Typ ist im Netz ziemlich präsent«, meldete sich Lars. »Architekturbüro und so. 1.000 Fotos von ihm am PC, auf Baustellen und blablabla.«

»Ja, und?«

»Vielleicht interessiert dich, dass der Knabe seit einer guten Stunde in einem SUV vor deiner Tür sitzt.«

KARFREITAG

34.

»Du bist wirklich sicher?«, fragte Mia. Sie saß in Lars' Transporter auf dem Beifahrersitz. Zügig verließen sie die Stadt Richtung Fränkische Schweiz. Bäume und Büsche schienen sich an diesem sonnigen Karfreitag auf das Osterfest vorzubereiten: Hecken waren quasi über Nacht grün geworden, die Knospen an den Bäumen standen kurz vor dem Aufblühen.

»Bombensicher.« Lars steuerte den Wagen auf die Autobahn.

»Und du meinst, er hat in der Nacht vorher bei mir geklingelt?«

»Würde passen.«

»Warum habe ich ihn dann nicht erkannt?«

»Du hast doch gesagt, du hättest ihn nur für ein paar Sekunden gesehen.«

»Ich weiß nicht. Ich habe einen Mann gesehen, der wegging. Da kam mir nichts bekannt vor. Er hinkte leicht.«

Lars warf ihr sein Handy zu. »Überprüf das. Ich habe ein paar seiner Fotos gespeichert.«

Mia klickte auf das Smartphone.

»Tatsache!« Sie grinste. »Sind die Fotos aus dem Netz? Er ist ganz schön grau geworden. Damals war er blond.«

»Dennoch ein Mann in den 50ern, der sich gut gehalten hat.« Lars überholte einen Lkw. »Dass die heute fahren! Ist doch Feiertag.«

Ingo Hofstetter setzte sich auf allen Fotos, die Lars von seiner Webseite gefischt hatte, professionell in Szene. Der vertrauenswürdige Architekt. Der kreative Macher. Der entschlossene Partner für den Bauherrn. Sein graues Haar und die Falten im Gesicht wirkten dabei wie eine Inszenierung, um seine Erfahrung und berufliche Glaubwürdigkeit zu untermauern.

Mia legte das Handy weg. »Wenn er mit mir reden will, warum ruft er nicht an oder schlägt zu einer normalen Zeit auf?«

Lars schaltete am Navigationsgerät herum. »Weil er nicht mit dir *reden* wollte. Er wollte dich *einschüchtern*.«

Mia dachte an den Brief. Der sie warnte, sich nicht in alte Geschichten einzumischen. Der würde nur zu Ingo passen. Zu wem sonst? Mit allen anderen aus der Clique hatte sie längst persönlich gesprochen.

»Woher weiß er, dass ich an der Sache dran bin?«

»Du hast dich mit seinem Sohn unterhalten. Und der …«

»Stimmt! Jakob sagte, er würde seinen Vater ab und zu treffen.«

»Das heißt, die beiden sind in Kontakt. Übermorgen ist Ostern, vielleicht steht ein Besuch an.«

»Mag sein.« Mia blickte aus dem Fenster.

»Du weißt, wo die Fiederers wohnen?«, fragte Lars.

»Nein. Nur, dass ihr Dorf Stammbach heißt.«

»Die stehen in keinem Telefonbuch, auch online habe ich nichts gefunden.«

Er hängt sich ganz schön in diese Sache rein.

»Nachbardorf von Ludming. Nicht allzu weit von Dietzhof.«

»Also mitten in der Fränkischen Schweiz.«

Mia schwieg.

Bei Forchheim-Süd fuhren sie von der Autobahn ab und folgten dem GPS. Das Walberla reckte seine Felsenkrone in den blitzblanken Himmel.

»Ich wette, heute wandern ganz schön viele Ausflügler auf den Berg«, sagte Lars. »Wahnsinnswetter.«

»Kennst du die Gegend?«

»Ich gehe gern klettern. Hauptsächlich im Trubachtal. Ist meine Gegend.«

»Stammst du von da?«

»Nein, das nicht. Ich war dort viel unterwegs mit einer Truppe von anderen Sportcracks. Wir sind zusammen bouldern gegangen.«

»Jetzt nicht mehr?«

»Nein. Jetzt nicht mehr.« Lars legte krachend einen niedrigeren Gang ein. »Ich habe ganz vergessen, wie eng und kurvenreich die Straßen hier sind.«

»Warum boulderst du nicht mehr?«

»Es hat einen Unfall gegeben.«

Mia lief es kalt den Rücken hinunter.

»Tja, nicht der Rede wert, aber seitdem klettere ich nur noch mit Seil und Gurt.« Damit schien für Lars das Thema beendet.

Mia starrte aus dem Fenster. In jeder Ortschaft hatte man die Osterbrunnen geschmückt, leuchtend bunte Farbtupfer, mehr oder weniger fantasievoll dekoriert. Manche begnügten sich mit meist einfarbigen Plastikeiern, während andere echte Eier ausgeblasen und bunt bemalt hatten. Im nächsten Dorf rannten Kinder mit Holzratschen die Straße entlang. Das schnarrende Geräusch schmerzte beinahe in den Ohren.

»Die geben ganz schön Gas«, lachte Lars.

»Seltsam«, sagte Mia, »wenn ein paar Tage die Glocken nicht läuten. Findest du nicht?«

»An diese Ratschen könnte ich mich nicht gewöhnen. Viel zu unästhetisch, der Klang. Das ist nicht mal ein Klang, das ist nur Krach.«

»Angeblich sind die Glocken nach dem Gloria am Gründonnerstag nach Rom geflogen und kommen erst zum Gloria in der Osternacht zurück.«

»Glaubst du das?«

»Natürlich nicht. Aber in den katholischen Gegenden hier halten sich eben die alten Bräuche. Die Kinder haben einen Heidenspaß beim Ratschen, nehme ich an.«

»Ganz bestimmt.« Lars wies auf ein Schild am Straßenrand. »Hier, Stammbach. Schon angeschrieben.«

35.

Auch durch Stammbach wuselten Kinder mit den hölzernen Ratschen. Lars hielt an.

»He«, rief er, »wisst ihr, wo die Fiederers wohnen?«

Ein größerer Junge mit einer langen Ratsche in der Hand wies die Straße hinunter. »Das letzte Haus links.« Er wirbelte sein Lärminstrument herum, dass die hölzernen Zähne mit Schmackes über das Zahnrad ratterten. »Wir ratschen, wir ratschen den englischen Gruß, den jeder katholische Christ beten muss«, rief er, in den Chor der anderen Kinder einstimmend.

Lars kurbelte das Fenster hoch.

»Der ist definitiv heute Abend heiser«, lachte Mia.

Als Lars vor dem letzten Haus links hielt, wandte er sich Mia zu.

»Sicher, dass du das willst?«

»Warum nicht?« Sie sah ihn erstaunt an.

»Also los.«

Entschlossen gingen sie auf das Haus zu, ein großes Fachwerkbauernhaus, mit Wein bewachsen. Die Hecke um das Grundstück war dicht und bereits dicht belaubt. Vögel zwitscherten aufgeregt. Ein Busch war mit Ostereiern geschmückt.

»Fiederer« stand neben der Klingel. Mia läutete.

Beinahe sofort ging die Tür auf. Eine Frau stand vor ihnen, in den 60ern, sehr schlank, das kinnlange Haar grau. »Ja bitte?«, fragte sie erstaunt.

»Frau Fiederer?«

»Ja?«

»Ich bin Mia Wagner. Sie kennen mich nicht. Ich habe bei den Hofstetters in Ludming als Babysitterin ...«

Frau Fiederer machte eine Bewegung, als wollte sie ihnen die Tür vor der Nase zuschlagen.

»Warten Sie bitte! Ich möchte Sie nur etwas fragen. Es ist nämlich so, dass eine Frau aus dem Freundeskreis, der damals dieses Gartenfest feierte, vier Jahre nach Daphnes Verschwinden umgebracht wurde. Und erst jetzt hat man die Leiche entdeckt.«

Eine Männerstimme rief von drinnen:

»Lisa? Wer ist denn da?«

Ein Mann mit der Statur eines Haudegens, der seine besten Jahre hinter sich hatte, kam zur Tür. Die breiten Schultern gebeugt, das Haar schütter.

»Mia Wagner und Lars Obenhaus«, stellte Lars sich und Mia vor.

»Umgebracht?« Ungläubig sah Lisa Fiederer von einem zum anderen.

»Umgebracht? Wer?« Ihr Mann starrte gereizt auf die Besucher.

»Vielleicht können wir reinkommen? Es wird nicht lange dauern«, bat Mia.

Die Eheleute sahen sich an, schließlich zuckte Lisa Fiederer die Achseln. »Also gut. Bitte.«

Sie folgten den Fiederers in einen Wintergarten. Von hier aus fiel der Blick in einen weitläufigen Garten voller alter Obstbäume, die kurz vor dem Aufblühen standen. Die Sonnenstrahlen brachen sich blitzend auf der Wasserfläche eines kleinen Weihers. An einem Vogelhäuschen herrschte Hochbetrieb.

»Schön ist es hier«, sagte Lars.

»Setzen Sie sich. Kaffee? Tee?«, fragte Herr Fiederer.

»Nichts, danke«, erwiderte Mia. Sie wollte zum Punkt kommen. Die Idylle dieses Hauses bedrückte sie. Das Osternest auf dem Tisch mit den gefärbten Eiern, die winzigen Osterhäschen, die mit weißen Schleifen an den Scheibengardinen befestigt waren.

Lisa ging dennoch hinaus und kam mit einer Kanne und vier Tassen zurück.

»Ich hatte gerade Tee aufgegossen.« Sie schenkte die Tassen voll.

Mia starrte auf den Dampf, der über dem Tisch aufstieg. Als hätten sich vier Druiden zu einer Session zusammengefunden. Ihr war heiß. Die Sonne erwärmte den Wintergarten, das helle Licht blendete sie.

Konzentrier dich jetzt.

»Es ist so. Ich habe bei den Hofstetters als Babysitterin gearbeitet. Das ist lange her. Die Hofstetters waren Freunde meiner Eltern: Simone und Carsten Wagner.«

Die Fiederers nickten.

»Zu dem Kreis gehörte noch ein anderes Ehepaar: Monika und André Böhme. Monika verschwand im April 2004. Knapp vier Jahre nach Ihrer Tochter.«

Wieder nur ein Nicken.

»Vor Kurzem fand man einen skelettierten weiblichen Schädel. Bei Tiefenellern. Also ziemlich weit weg von hier. Es stellte sich nach einigen Untersuchungen heraus, dass es Monika Böhmes Kopf ist.«

Das Irrsinnige aussprechen. So sachlich wie möglich.

»Um Gottes willen. Wusstest du das, Kilian?« Lisa Fiederer berührte ihren Mann sacht am Arm.

Der schüttelte den Kopf, während er wachsam zwischen Lars und Mia hin und her blickte. »Was bedeutet das?«

»Es bedeutet, dass Monika umgebracht wurde. Und es kommt mir eigenartig vor, dass eine Frau aus der Clique ermordet wurde, aus deren engem Umfeld schon einmal ein Mensch verschwand, nämlich Ihre Tochter.«

Lisa verzog das Gesicht, hatte sich aber sofort wieder unter Kontrolle.

»Daphne gehörte nicht zu dieser Gruppe. Sie war lediglich Babysitterin bei der Familie Hofstetter«, sagte sie.

Ihr Mann wiegte den Kopf. »Wollen Sie darauf hinaus, dass die Clique sich womöglich abgesprochen hat? Um ein Verbrechen zu decken?«

»Lass, Kilian, das wurde abgeklärt. Nichts wies darauf hin.«

»Herr Hofstetter hat Daphne an dem Abend nach Hause gefahren.« Kilian Fiederer betrachtete seine Hände. Große, kräftige Arbeiterhände. »Er lieferte sie hier ab und wartete, bis sie im Haus war. Anschließend fuhr er heim. Das hat er uns selbst bestätigt.«

Mia biss sich auf die Lippen.

»Ganz so war es nicht«, hörte sie sich sagen.

»Wie bitte?«

»Ich habe die Tagebücher von Monika Böhme gelesen. Und mit allen gesprochen, die auf dem Fest, nach dem Ihre Tochter verschwand, dabei waren. Da hieß es: Ingo Hofstetter kam erst nach einer knappen Stunde wieder nach Ludming, nachdem er mit Ihrer Tochter abgefahren war. Und erklärte seine lange Abwesenheit so: Daphne hätte ihren Haustürschlüssel nicht gefunden. Er hätte ihr geholfen, den Ersatzschlüssel zu suchen. Der wäre unter einem Blumenkasten auf der Terrasse versteckt gewesen.«

»Also«, Lisa Fiederer trank von ihrem Tee, »wir haben nie einen Schlüssel draußen versteckt. Weder jetzt noch früher. Jeder Einbrecher würde doch ohnehin unter den Blumentöpfen suchen, oder? Das ist der Klassiker.« Sie lachte verlegen.

»Eben. Wir haben einen Schlüssel beim Nachbarn deponiert. Seit Jahr und Tag. Und der Nachbar einen bei uns«, bestätigte ihr Mann.

»Das ist natürlich alles sehr lang her. Vielleicht haben sich die Leute falsch erinnert«, fuhr Lisa fort. »In den Akten stand damals nichts von einem Schlüssel. Das wäre uns sofort aufgefallen, oder?« Sie sah ihren Mann an. Der nickte nachdenklich.

»Noch eine andere Sache. Als Babysitterin bei den Hofstetters hatte ich das Problem, dass Ingo Hofstetter«, Mia zögerte, aber jede Sekunde, die sie länger wartete, würde sie nur sinnlos quälen, »seine Hände nicht bei sich behalten konnte. Deswegen habe ich dann nicht mehr auf Jakob aufgepasst.«

»Was? So ein Drecksack!« Kilian Fiederer rutschte auf seinem Stuhl nach vorn.

»Hat Daphne einmal irgendetwas in dieser Richtung erzählt?«

»Der Hofstetter wollte ihr an die Wäsche?« Nun stand Kilian Fiederer auf. Stieß gegen den Tisch, dass der Tee aus den Tassen schwappte.

»Kilian, bitte!« Seine Frau griff erneut nach seinem Arm.

Er schüttelte sie ab. »Das kann doch nicht wahr sein!«

Lars legte beide Hände auf den Tisch. »Bitte, es geht im Moment vor allem darum, ob Daphne Sie ins Vertrauen zog. Eine Andeutung machte. Oder durchblicken ließ, dass sie nicht mehr zum Babysitten zu den Hofstetters wollte.«

Lisa Fiederer schüttelte den Kopf. »Nein, daran kann ich mich nicht erinnern.«

»Dann hat sie eben alles für sich behalten. Sie war sowieso so verstockt!«, tobte Kilian Fiederer. »Nichts hat sie von sich aus erzählt! Ist nie mit etwas rausgerückt. Hat ihr eigenes Süppchen gekocht.«

»Unsinn, Kilian. Junge Mädchen in dem Alter sind so. Die haben ihre Geheimnisse.«

»Sie war 17, da sollte die verdammte Pubertät wohl vorbei sein!« Kilian Fiederer schob die Glastür zum Garten auf. Frische, kühle Luft strömte herein.

Lars fragte: »Sie hatte einen Freund, oder?«

»Der Knabe war nicht ihr Freund. Dirk Brauer war doch gar nicht ihr Typ!«

»Ich bitte dich.« Lisa Fiederers bisher so ruhige Stimme wurde ungehalten. »Sie hätte ihn ja nicht gleich heiraten müssen.«

»Und ich sage dir, da gab es noch einen anderen.« Kilian Fiederer wandte sich um. Im Gegenlicht wirkte sein kräftiger Körper bedrohlich.

»Sind Sie sich sicher?«, fragte Lars.

»Das habe ich in den vergangenen verdammten Jahren gelernt, man ist sich nie sicher. Kann nur Wahrscheinlichkeiten gegeneinander aufrechnen. Daphne hatte viele Geheimnisse und vielleicht lebt sie noch. Irgendwo.« Seine Stimme brach unvermittelt.

»Was für Geheimnisse meinen Sie?«

»Er meint Jungs«, erwiderte Lisa Fiederer. »Sie hatte alle halbe Jahre einen neuen Freund. Ich nahm das hin. Sie war eben in diesem Alter und durchlebte eine wilde Zeit, war wenig selbstbewusst, wollte nichts verpassen, ahmte die anderen Mädchen nach, die mit sehr viel mehr Ego durch die Welt spazierten als Daphne. Ständig litt sie an Selbstzweifeln. Es ist nicht einfach, jung zu sein.«

»Pah!«, machte Kilian Fiederer. Er schien sein Pulver verschossen zu haben. Matt ließ er sich auf seinen Stuhl sinken.

»Noch ein Letztes.« Mia legte die Fingerspitzen aneinander. »Hat Daphne vielleicht einmal erzählt, dass Ingo Hofstetter seinen Sohn schlägt?«

»Das wird ja immer schöner!« Daphnes Vater fuhr wieder hoch.

»Monika Böhme, die Frau, die getötet wurde, hat das beobachtet. Ich habe es in ihren Tagebüchern gelesen.«

»Machen Sie sich doch nicht lächerlich. Ich meine, Schande dem, der sein Kind schlägt. Aber deswegen ist diese Monika bestimmt nicht umgebracht worden.«

Er hat recht, dachte Mia. Wir hängen fest. Was ihr eben noch wie eine vielversprechende Spur erschienen war, löste sich in nichts auf.

»Sie glauben, dass es Hofstetter war? Dass *er* Daphne was angetan hat?«, fragte Fiederer.

»Das wissen wir nicht«, entgegnete Mia.

Wer sonst?, fragte sie sich im Stillen. Etwa André? Oder mein Vater? Oder Monika? Das ist doch alles absurd!

»Sie sind auf dem falschen Dampfer.« Kilian Fiederer, der seinen Tee bislang nicht angerührt hatte, griff nun nach seiner Tasse und trank sie in einem Zug leer. In seinen riesigen Händen wirkte die Tasse, als hätte man sie aus einer Puppenküche genommen. »Hofstetter ist ein anständiger Mann. Streuen Sie keine dummen Gerüchte.«

Mia wechselte einen Blick mit Lars, ehe sie fragte: »Sind Sie miteinander in Kontakt?«

»Mit Hofstetter? Na klar, ab und zu sieht man sich. Ich kann nichts Schlechtes über ihn sagen. Man hat ihn damals in die Mangel genommen. Ich für meinen Teil habe nie geglaubt, dass er Daphne etwas angetan hat. Nein, es ist so, wie er sagte: Er brachte sie nach Hause. Sie hatte noch eine Nacht und einen Tag Zeit, Unsinn anzustellen. Wir waren ja nicht hier. Das verzeihe ich mir nie.«

»Danke, dass Sie sich die Zeit genommen haben.« Mia stand auf. »Tut uns leid, wenn ...«

Fiederer winkte ab. »Schon gut. Fröhliche Ostern.«

Lars folgte Mia nach draußen.

Sie standen schon am Transporter, als Lisa Fiederer ihnen nachkam.

»Warten Sie. Ich möchte mich für meinen Mann entschuldigen. Er regt sich immer so schnell auf. Seit Daphne weg ist, ist er nicht mehr derselbe. Regelmäßig geht er zur Polizei und erkundigt sich, ob es etwas Neues gibt. Daphne zu verlieren, hat er nie verwunden.

Er will den Verlust bis heute nicht wahrhaben. Hat sogar einen Detektiv angeheuert. Natürlich hat der nichts herausgefunden.«

»Glauben Sie auch, dass Ihre Tochter noch lebt?«

»Nein.« Mit einem traurigen Lächeln sah Lisa Fiederer Mia an. »Das glaube ich nicht. Mag mein Mann sie auch als verstockt beschreiben: In den wichtigen Dingen hätte Daphne immer richtig entschieden. Selbst wenn sie abhauen wollte, mit einem Jungen oder mit wem auch immer, hätte sie sich bei uns gemeldet. Nie hätte sie uns über Jahre und Jahrzehnte im Unklaren gelassen. Das heißt, sie muss tot sein. Ich habe mich an den Gedanken gewöhnt. Ich habe um sie getrauert und mein Leben neu geordnet. Das musste ich tun, verstehen Sie? Niemand kann so viele Jahre falsche Hoffnungen hegen.«

»Ihr Mann tut das.«

»Es geht ihm nicht gut. Wir sind dankbar für die ruhigen Zeiten, die wir haben, wenn er einmal nicht so schlecht drauf ist.« Sie wies auf den Garten. »Wir machen es uns so angenehm wie möglich. Jetzt steht Ostern vor der Tür. Ich gebe zu, zu dieser Zeit bin ich jedes Jahr ein wenig hoffnungsvoller als sonst. Ich meine, allgemein. Nicht dass ich konkret erwarten würde, Daphne könnte sich melden.«

»Was denken Sie, was in jener Nacht geschehen ist?«, wollte Lars wissen.

»Das, was Ingo Hofstetter sagte: Er hat sie heimgefahren. Mitsamt ihrem Rad. Das war ja auch weg. Wir haben es nie gefunden.«

»Frau Fiederer, keiner Ihrer Nachbarn hat Hofstetters Wagen hier zur fraglichen Zeit gesehen.«

»Sehen Sie so viele Nachbarn in Sichtweite? Nein, junger Mann, nicht jeder guckt ständig aus dem Fenster. Frohes Osterfest.«

Lisa Fiederer drehte sich um und ging zum Haus zurück.

36.

»Er hat keine gute Meinung von seiner Tochter.« Lars ließ den Motor an. Sie fuhren aus dem Dorf. Das gelbe Schild wies darauf hin, dass sie Stammbach verließen und das nächste Dorf, Ludming, vier Kilometer weiter lag. Die Straße schlängelte sich zwischen braunen Äcker dahin. Ziemlich abschüssig. »Der Mann leidet. Womöglich hat er Depressionen, seit seine Tochter verschwunden ist. Er ist jedenfalls instabil. Impulsiv.«

Mia verkniff sich ein Lächeln. Schon wieder Psychojargon! Lars schien sein Studium nicht verleugnen zu können.

»Mir stößt etwas anderes sauer auf.«

»Was denn?« Lars fuhr rechts auf einen Flurbereinigungsweg. Drehte den Zündschlüssel.

Plötzlich war es unangenehm still.

»Sie haben keinen Schlüssel versteckt.« Sie sah aus dem Fenster, ließ den Blick über die weite Landschaft schweifen. Vor ihnen erstreckte sich Hügelkette um Hügelkette. In der Ferne konnte man das Walberla sehen. Der Sattelberg stand in der klaren Luft markant am Horizont. Die Sonne schien so kräftig, dass Mia ihr Fenster herunterließ.

»Hm«, machte Lars.

»Ich verstehe das nicht. Warum ist diese Aussage nicht in den Ermittlungsakten aufgetaucht? Monika notierte es sogar in ihrem Tagebuch. Die Sache muss ihr seltsam vorgekommen sein. Sie schrieb dahinter: ›Also, ich weiß echt nicht.‹ Lisa Fiederer hat es ähnlich ausgedrückt: Einbrecher würden bestimmt als Erstes unter den Blumenkästen nach einem versteckten Schlüssel suchen.«

»Du bist eine gute Beobachterin.«

Mia sah Lars an. »Findest du?«

Er lachte. Rückte an seinem Bandana. »Sonst hätte ich es nicht gesagt.«

»Du sagst also immer nur, was du wirklich meinst?«

»Das tut niemand.«

»Wusste ich es doch.« Mia grinste zufrieden.

»Was?«

»Dass du permanent in der Psychomaterie unterwegs bist.«

Perplex starrte er sie an. »Was soll das denn heißen?«

Mia schoss die Röte in die Wangen. »Ach nichts. Kilian Fiederer hat noch etwas Wichtiges gesagt.«

»Was denn?«

»Dass Ingo Monika wohl nicht umgebracht haben kann, weil sie von den Ohrfeigen wusste. Das wäre ein zu schwaches Motiv. Wie hätte sie ihm denn schaden sollen? Hätte sie zum Jugendamt spazieren sollen und sagen: Schaut euch mal die Hofstetters genauer an. Der Vater schlägt das Kind.«

»Es gibt Leute, die so was tun.« Lars trommelte mit den Fingern auf das Lenkrad. »Denunziation ist nicht selten.«

»Die Hofstetters hätten das perfekte Bild einer intakten Familie abgegeben. Wenn das Kind keine blauen Flecken hat, wenn es nicht mehrere Zeugen gibt, die eine Misshandlung bestätigen, verläuft die Sache voraussichtlich im Sande.«

»Du hast recht.« Lars nickte. »Es ist kein hinreichend starkes Motiv.«

Sie schwiegen eine Weile. Zwei Bussarde kreisten hoch über ihnen. Der Wind frischte auf. Die Büsche am Feldrain neben ihnen schüttelten ihre frischen grünen Blättchen.

»Bist du wirklich sicher, dass Ingo vor meiner Wohnung stand?«, fragte Mia schließlich.

Er nickte. »Hundertpro. Vergiss nicht: Hofstetter könnte von Jakob wissen, dass du bei ihm warst. Das muss ihn aufgeschreckt haben. Selbst wenn er nichts Unrechtes getan hat.«

»Warum hat er mir dann diesen ominösen Brief in den Postkasten geworfen?«

»Ist ja nicht gesagt, dass er es war.«

»Im Zweifel für den Angeklagten. Aber wer soll das sonst gewesen sein?« Mia seufzte. »Wahrscheinlich liegt Daphnes Vater richtig. Dass sie freiwillig abgehauen ist.«

»Ihre Mutter glaubt das nicht.«

»Und wer hat Monika umgebracht? Meinst du, das hat vielleicht doch nichts mit Daphne zu tun?«

»Ich habe den Eindruck, wir drehen uns im Kreis. Was machen wir jetzt?« Lars nestelte am Zündschlüssel. »Wir müssen zu Hofstetter, richtig? Ihn mit der Schlüsselfrage konfrontieren.«

Mia seufzte. »Weshalb ist er erst gegen 5.30 Uhr nach Hause gekommen? Am Tag nach der Feier? Alle hatten ziemlich viel getrunken. Wieso musste er mit dem Auto weg? Und was hat er in die Mülltonne gestopft?«

Lars startete den Motor.

»Wir fahren hin.«

Der Wagen rollte die steile Straße Richtung Ludming hinunter.

»Was war das für ein Unfall?«, hörte Mia sich fragen.

»Was meinst du?«

»Beim Bouldern.«

Lars umfasste das Lenkrad fester.

»Eine Freundin ist abgestürzt und gestorben.«

37.

Mia erinnerte sich gut an das Haus der Hofstetters. Seit ihrem letzten Besuch waren Hecke und Bäume gewachsen, sodass die dicken Sandsteinwände mit den Fachwerkgauben sich nun hinter dem frischen Grün des Frühlings verbargen. Das rote Ziegeldach glänzte in der Sonne, dahinter erhoben sich der Wald, graubraun mit wenigen grünen Einsprengseln, und die schwarze Felsenkrone. Darüber zogen zwei Greifvögel ihre Kreise. Mia fragte sich, ob die beiden Bussarde von eben ihnen gefolgt waren.

»Tolles Haus«, stellte Lars fest.

»Der Mann ist Architekt.« Mia musste lächeln. »Sieh dir das Haus gegenüber an. Von der Substanz her so ähnlich, aber der Renovierungsstand wirkt von vorgestern.«

»Hat sich viel verändert?«

»Ich glaube nicht. Hast du den Fuhrpark vor dem Carport gesehen?«

»Zwei SUVs und ein Sportwagen. Mannometer.«

Vom Nachbargrundstück näherte sich ein Mädchen auf einem Fahrrad. Vielleicht zehn, elf Jahre alt. Mia erinnerte sich, dass die Nachbarn damals, als Daphne verschwand, gerade Nachwuchs bekommen hatten.

Sie stiegen aus. Als Lars die Fahrertür zuwarf, klang das Geräusch zu laut in der dörflichen Stille.

»Keine Ratschen!«, bemerkte Lars.

Mia zuckte die Achseln. Das Mädchen hüpfte vom Rad und beobachtete voller Neugier die beiden Unbekannten, die sich dem Haus der Hofstetters zuwandten.

Sie klingelten.

Eine Frau kam an die Tür. Sie war schwanger, trug ein Trägerkleid und darunter eine bunte Bluse. Ihr rotblondes Haar war zum Pferdeschwanz gebunden. Sie lächelte.

»Ja?«

»Mia Wagner und Lars Obenhaus. Wir möchten wirklich nicht lange stören am Feiertag. Ist Ingo kurz zu sprechen?«, fragte Mia.

Die Frau musste Nadja sein. Die Neue.

»Klar, er ist zu Hause. Allerdings hat er Besuch.«

»Es dauert nicht lange.«

»Ingo?«, rief Nadja Hofstetter ins Haus. »Kommst du mal?«

Ingo erschien in der Diele. Er stutzte, als er Mia sah, dann zeigte sich ein breites Lächeln auf seinem Gesicht.

»Mia! Mia Wagner! Meine Güte! Ist das lange her!« Er streckte beide Hände aus, griff nach ihrer und schüttelte sie.

»Hallo, Ingo. Das ist Lars!«

»Hi.« Lars schob die Hände tief in die Taschen, als wollte er keinesfalls dem anderen Mann die Hand schütteln.

Der ließ sich nicht davon abbringen, Lars kräftig auf die Schulter zu klopfen.

»Was führt euch hierher? Nadja, Schatz, du musst wissen, Mia ist mal unsere Babysitterin gewesen, als Jakob klein war.«

»Echt?« Nadja schmunzelte. »Möchten Sie vielleicht wieder anfangen? Wir werden bald Hilfe brauchen.« Sie zeigte auf ihren Bauch.

»Nein, ich denke nicht.« Mia räusperte sich. »Damals war ich Schülerin, da sah die Sache anders aus. Wir wollen nicht lange stören, Ingo. Ich habe ein Anliegen …«

»Natürlich, kommt doch rein. Ich habe gerade einen Karfreitagsfrühschoppen mit meinem alten Kumpel Reimund Dusek am Laufen. Nicht unbedingt die wahre katholische Tradition, aber wir wollten einfach mal ein Bierchen miteinander trinken. Und die Ostertage gehören natürlich der Familie. Na los!«

Er winkte sie herein. Ganz der joviale Gastgeber.

Was hat er gestern Nacht vor meiner Tür gemacht?

Nadja nahm ihnen die Jacken ab. Verstohlen blickte Mia sich im Haus um. Alles wirkte eigenartig vertraut. Das große Wohnzimmer mit dem riesigen Panoramafenster zum Garten. Man sah über die Terrasse hinweg zur Wiese direkt unterhalb des bewaldeten Hanges und zur Partyscheune.

»Reimund, wir haben Verstärkung bekommen.«

Ein kleiner Mann erhob sich vom Sofa. Er hatte die Figur eines Ringers, mit kräftigem Oberkörper, während seine Beine seltsam dünn und kurz wirkten. »Grüß' euch.«

Mia nickte ihm zu. Die Anwesenheit eines anderen Besuchers machte sie nervös. Hatte Lars wirklich Ingo vor ihrer Tür gesehen? Sie fühlte seinen Blick auf sich, während er sich an einer Vitrine zu schaffen machte.

Vielleicht hat Lars sich getäuscht, und es war nicht Ingo.

Doch die Fotos, die sie aus dem Internet gefischt hatten, trafen Ingo ziemlich gut. Grau meliertes Haar, dabei immer noch der jugendliche Typ. Auf dem Tisch lagen die Reste einer Brotzeit, eine geplünderte Wurstplatte, Harzer Käse und Brötchen. Von wegen Karfreitag ist ein Fasttag, dachte Mia.

Nadja brachte zwei Teller und Besteck, Ingo stellte Gläser auf den Tisch. »Bedient euch.«

Ein Handy klingelte.

»Ich muss mal kurz.« Nadja wies in den Korridor.

Kaum hatte sie das Wohnzimmer verlassen, fing Mia an: »Ingo, vielleicht hast du die Sache mit dem Schädel mitbekommen?«

»Bitte was?« Er blickte sie konsterniert an.

»Es wurde ein Schädel gefunden.« Sie fasste so knapp wie möglich die Ereignisse der letzten Tage zusammen. »André und ich haben die Phantomzeichnung, die aufgrund der Weichteilrekonstruktion angefertigt wurde, sofort identifiziert. Es ist Monika.«

Ingo wurde blass.

»Das gibt es doch nicht.«

»Doch.«

»Wo, sagst du, wurde der Schädel entdeckt?«

»Bei Tiefenellern im Wald.«

»Reimund, das muss ich dir erklären. Die Böhmes und wir, also meine Ex-Frau und ich, wir waren befreundet. Außerdem gehörten Mias Eltern dazu. Die Wagners. Ja, also ... seit wann war Monika verschwunden?«

»Seit April 2008.«

»Mein Gott.« Ingo köpfte zwei Bierflaschen. »Mögt ihr?« Er wartete ihre Antwort nicht ab, schenkte die Gläser voll.

»Monika Böhme, sagst du?« Der kleine Mann, der gerade ein Brötchen auf seinen Teller gelegt hatte, hielt inne.

»Ja, Architektin wie wir.« Er sah Reimund Dusek an. »Ist was nicht in Ordnung mit dir?«

»Nein, ich ...«

»Augenblick, da war doch was!«

Erstaunt wechselten Mia und Lars Blicke.

»Nein, nein, denk nichts Falsches!« Dusek wedelte mit den Händen, als müsste er sich gegen einen Insektenangriff wehren.

»Das würde ich nie, aber wenn mich nicht alles täuscht, hattet ihr beide ...« Ingo verzog die Lippen zu einem Grinsen.

Dusek senkte den Kopf.

»Hatten Sie beide *was*?«, fragte Lars.

»Reimund arbeitete in dem Architekturbüro, wo Monika unbedingt unterkommen wollte. Tja, als sie endlich dort vor Anker ging, fiel sie Reimund auf. Und er auf sie rein.«

Dusek errötete.

»War es nicht so?« Anzüglich grinsend hob Ingo sein Glas. »Aber zurück zu euch beiden. Monika ist tot? Ist es amtlich?«

»Ja. Inzwischen hat die Polizei einen DNA-Abgleich gemacht. Kein Zweifel. Es ist Monikas Schädel.«

»Nur der Schädel?«, krächzte Dusek. »Was heißt das?«

»Es wurden keine weiteren menschlichen Überreste gefunden«, sagte Mia. Erstaunlich, wie kaltschnäuzig sie zu antworten imstande war.

Monika eine Affäre mit diesem Typen? Unvorstellbar! Sie und André waren das Traumpaar.

»Ich habe mich immer gefragt, wohin sie verschwunden war. Das passte doch gar nicht zu Monika. Einfach so abzutauchen.« Ingo trank von seinem Bier. »Oder was meinst du, Mia?«

Sie spürte seinen lauernden Blick auf sich. So wie damals. Er probierte aus, wie weit er gehen konnte.

»Ich meine, dass es mehr als suspekt ist, wenn wenige Jahre nach Daphne wieder ein Mensch verschwindet. Jemand, der bei dem Grillfest damals dabei war«, antwortete Mia.

Und vor allem, dass du nachts vor meiner Wohnung Ausschau hältst. Das ist verdächtig.

»Daphne!« Ingo stellte sein Glas ab. »Du hast recht! Du lieber Himmel.«

»Du hast Daphne doch damals heimgebracht, oder?«

»Du meinst, in der Nacht, bevor sie verschwand?« Ingo zögerte. »Das ist nur bedingt richtig.«

»Was meinst du damit?« Mia spürte, wie Lars sich neben ihr gespannt aufrichtete. Sie griff nach ihrem Glas und nahm einen Schluck Bier. Ihre Hände zitterten, als sie es abstellte.

»Es ging ihr nicht gut an dem Abend. Dennoch wollte sie partout mit dem Rad heimfahren. Manchmal war sie einfach stur. Ich habe mir gedacht, na gut, ist nicht weit. Lass sie. Sie machte sich auf den Weg. Daraufhin veranstalteten die Frauen ein Riesentheater. ›Ein junges Mädchen so spät allein über Land radeln zu lassen, das geht doch nicht‹, haben sie gesagt. Und sie hatten ja recht.«

Aus den Augenwinkeln beobachtete Mia Reimund Dusek, der schreckensstarr dasaß und das Brötchen zwischen seinen Fingern zerkrümelte. Ohne es zu merken.

»Also habe ich mich ins Auto gesetzt und bin ihr nachgefahren. Mit dem Rad hätte sie vielleicht 15 bis 20 Minuten gebraucht. Der Weg Richtung Stammbach ist ja recht steil. Da muss man ordentlich in die Pedale steigen. Damals gab es noch keine E-Bikes.«

Mia hätte Ingo am liebsten geschüttelt und »und weiter?« geschrien.

»Ich habe sie auf halber Strecke eingeholt. Sie war abgestiegen und schob das Rad. Es war klar erkennbar, dass sie Bauchschmerzen hatte. Junge Mädchen und ihre Regel!« Er grinste.

»Was geschah dann?«, fragte Lars.

»Ich hielt, rief ihr zu, komm, ich fahre dich heim. Sie wollte zunächst nicht, aber dann konnte ich sie schließlich überzeugen. Lud ihr Rad in meinen Kombi und brachte sie nach Hause.«

Reimund Dusek bekam einen Hustenanfall. Hastig griff er nach seinem Glas und versuchte, das Keuchen durch ein paar Schluck Bier zu beruhigen.

»Dort kam sie nicht an. Daphne, meine ich«, sagte Lars. »Oder?«

»Dort kam sie nicht an? Wer behauptet denn so einen Bullshit?« Ingo plusterte sich auf. Jetzt kam der Mann zum Vorschein, den Mia kannte. Einer mit kurzer Zündschnur.

»Ihre Eltern haben sie nicht vorgefunden.«

»Die kamen doch erst am nächsten Tag von ihrer Reise

nach Hause! Nein, ich lud ihr Rad aus und wartete, bis sie sicher im Haus war.«

»Wobei es da ein Problem gab.« Mia sah Ingo ruhig an.

»Ein Problem? Ach so, das. Ja, sie fand ihren Schlüssel nicht, und wir mussten den Ersatzschlüssel suchen. Entdeckten ihn schließlich unter einem Blumenkasten.«

»Die Fiederers behaupten, sie hätten nie einen Schlüssel draußen versteckt, weil jeder Einbrecher sofort unter den Blumenkästen suchen würde.«

Gelassen fixierte Ingo sie. Schließlich verzog er die Lippen zu einem gezwungenen Lächeln. »So? Na, dann haben eben nicht die Eltern den Schlüssel versteckt, sondern Daphne selbst hat das getan. Teenager machen ständig Dinge, von denen ihre Eltern nichts wissen. Das ist nichts Besonderes. Oder, Reimund? Du hast drei Töchter. Stimmt's oder habe ich recht?«

Dusek nickte ergeben. »Sie machen, was sie wollen, schützen aber immer was ganz anderes vor. Unmöglich, da durchzusteigen.«

Ingo lächelte breit. »Tja. Sie war jedenfalls im Haus, als ich wegfuhr. Verstehst du? Es tat mir ja alles furchtbar leid, als rauskam, dass sie verschwunden war. Wenn du mich fragst, hat sie sich abgesetzt. Mit den Eltern war sie über Kreuz, hatte einen Freund, wer weiß, mit welchen Jungs sie noch rummachte. Christine hat ihr ab und zu ins Gewissen geredet. Sie sollte es nicht übertreiben mit den Experimenten. Daphne war heiß auf das Leben, wollte sich ausprobieren. So sind Mädchen eben!«

Dusek nickte zustimmend.

»Und Monika? Sie ist definitiv tot«, sagte Mia.

Dusek zuckte bei diesen Worten zusammen.

»Ja, das ist natürlich eine ganz andere Sache. Und ziemlich hoffnungslos.« Ingo nickte betrübt.

»Sie haben Ihren Sohn geschlagen.« Lars stemmte die Hände auf die Tischplatte. »Daphne hat das mitbekommen. Viele in der ehemaligen Clique haben es gewusst. Alle. Wahrscheinlich sogar Ihre Frau. Ex-Frau.«

Ingo Hofstetter betrachtete Lars, als habe er eine besonders widerwärtige Schmeißfliege vor sich.

»Daphne hat das nicht gefallen. Genauso wie die Tatsache, dass Sie Ihre Finger nicht bei sich behalten konnten, wenn Daphne im Haus war«, fuhr Lars unbeeindruckt fort. »Oder andere junge Mädchen.«

»Sind Sie noch bei Trost? Wer sind Sie denn überhaupt? Mia, ist der Kerl dein Freund? In dem Fall hast du dir einen mit lausigen Manieren ausgesucht.«

»Sie haben Daphne betatscht.« Lars ließ sich nicht aus der Ruhe bringen. »Daphne stand kurz davor, das ihren Eltern zu verraten. Was Sie nicht zulassen konnten.«

»Und deshalb habe ich sie umgebracht?« Ingo lachte auf. Es sollte wohl verblüfft klingen, doch das wütende Glitzern in seinen Augen verriet, dass er ahnte, wohin dieses Gespräch zwangsläufig führen würde. »Ich muss doch sehr bitten. Das Mädchen ist stiften gegangen. Die wollte nicht mehr in der biederen Umgebung von Stammbach bleiben, in diesem heimeligen, überheizten Landhaus. Wäre mit jedem Knaben mitgegangen, der ihr die weite Welt versprochen hätte.«

»Warum hat sie sich nie bei ihren Eltern gemeldet? Ihre Mutter sagt, das wäre nicht Daphnes Stil gewesen. Sie hätte wenigstens ein Lebenszeichen von sich gegeben.«

»Was sie getan hätte und was nicht, da kann ich nun wirklich nicht mitreden.« Ingo erhob sich. »Eine Leiche ist nie aufgetaucht. Die Polizei hat mein Haus mehrmals auf den Kopf gestellt. Mein Auto, mein ganzes Leben, ich weiß nicht, was noch. Da war nichts. Weil ich ihr nichts getan habe. Dazu stehe ich. Ich habe Daphne weder belästigt noch umgebracht. Das ist die Wahrheit. Ich habe auch meinen Sohn nicht verprügelt. Mag sein, dass mir mal die Hand ausgerutscht ist. Das ist Mist, das weiß ich, aber mit Kindern hat man es nicht immer leicht.«

»Und Monika?«, krächzte Reimund Dusek. »Wie ist sie gestorben?«

»Ihr wurde der Kopf abgetrennt.« Mia sprach das Unbegreifliche einfach aus. Es tat nicht einmal mehr weh.

Dusek fing an zu würgen. Er sprang auf und stürzte aus dem Zimmer.

»Hört mal …«, begann Ingo.

»Monika hat sich bei dir erkenntlich gezeigt. Für die tolle Stelle, die sie unbedingt wollte«, unterbrach Mia.

»Ihr spinnt ja. Ich hatte was mit vielen Frauen. Aber mit Monika …« Er grinste süffisant. »Ja, Monika war ein besonderes Kaliber.«

Mia stand auf. Lars tat es ihr gleich.

»Gehört es zu Ihren üblichen Verhaltensweisen, die halbe Nacht vor den Wohnungen anderer Leute in Ihrem Auto zu verbringen?«, fragte er Ingo.

Der sah zuerst Lars an, schließlich wandte er sich demonstrativ an Mia.

»Ehrlich, ich weiß nicht, ob dieser Kerl der Richtige für dich ist.«

Mia zuckte die Achseln. Sie sah die Ader an seiner Stirn schwellen. Ingo stand unter Druck.

»Das lass mal meine Sorge sein«, entgegnete sie.

Ingo drehte seine Handflächen nach oben, als wollte er zeigen, dass nicht er im Dreck gewühlt hatte.

»Ich weiß wirklich nicht, was mit Monika passiert ist. Nachdem Christine und ich nicht mehr klarkamen, ist der Kontakt zu Monika abgerissen. Sie war sowieso eher mit Christine befreundet als mit uns beiden. Ich habe sie etwa ein Jahr nach diesem Grillfest aus den Augen verloren. Mir tut es sehr leid, dass sie tot ist. Noch dazu unter solchen …«, er zögerte, »… Bedingungen gestorben ist. Auch wegen André. Ich mochte beide sehr. Deswegen habe ich auch André nie etwas von Monikas Affären gesagt.«

38.

»Verdammt. Er hat alles abgeschmettert!« Lars startete den Motor. Der zickte kurz, bevor er brav zu brummen begann.

Der Himmel hatte sich zugezogen. Mia blickte zu der Felsenkrone hinauf, die nun finster und feindselig wirkte. Die österliche Frühlingsstimmung war verflogen.

»Es könnte stimmen: Die Eltern wussten einfach nicht, dass Daphne einen Schlüssel versteckt hat.«

Lars fuhr um die nächste Kurve.

»Die schrägste Neuigkeit ist doch: Er ist Daphne erst nachgefahren, nachdem sie bereits aufgebrochen war. Da frage ich mich, ob Daphne und die Erwachsenen sich im Streit getrennt haben.« Er hielt am Straßenrand an. »Ingo behauptete, sie wollte unbedingt mit dem Rad nach Hause fahren. Obwohl es ihr schlecht ging. Und erst die Frauen redeten ihm ins Gewissen, er solle ihr nach und sie heimbringen. Er selbst beschreibt Daphne als stur. Wenn man jemanden ›stur‹ nennt, bedeutet das, dieser jemand hat einen auf die Palme gebracht. Hat Ärger gemacht. Hat nicht so funktioniert, wie der andere das wollte.«

Es begann zu regnen. Vor Mias Augen färbte sich das Dorf in Sekundenschnelle grau. Die Tropfen trommelten auf die Windschutzscheibe. Häuser und Gärten verschwanden hinter einem Schleier aus Regen.

»Sie wollte sich von ihm nicht heimfahren lassen«, sagte Mia leise. »Und warum? Weil sie seine Zudringlichkeit kannte. Sie hat es vorgezogen, sich trotz Bauchweh auf dem Rad den Weg nach Hause zu quälen, als bequem in seinem Auto zu sitzen.«

Lars nickte langsam. »Das bedeutet: Die Clique hat sich *doch* abgesprochen. Wenigstens hinsichtlich der Tatsache, dass Ingo Daphne erst nachfuhr, *nachdem* sie sich allein auf den Weg gemacht hatte.«

»Und wenn die sechs Freunde sich in dieser Angelegenheit auf eine Korrektur der Wirklichkeit geeinigt haben, haben sie das vielleicht noch in anderen Punkten gemacht.«

Lars sah in den Rückspiegel. »Da kommt dieser Reimund angedüst. Das ist doch der Sportwagen, der vor dem Haus stand?«

Mia wandte sich um.

»Stimmt. Fahr ihm nach!«

Der schwarze Sportwagen rauschte an ihnen vorbei. Schnell vergrößerte sich der Abstand. Lars musste ordentlich Gas geben, um ihn nicht aus den Augen zu verlieren, doch als sie um die nächste Kurve fuhren, war Reimund Dusek nirgends mehr zu sehen.

»Mist!«

»Nicht so schnell aufgeben.« Lars grinste. »Die alte Kiste hier gibt nicht mehr so viel her, aber die Straßen sind kurvenreich, da kann er nicht 200 fahren.«

Sie kamen in ein Waldstück. Rechts zeigte ein Hinweisschild zu einem Wanderparkplatz. 100 Meter weiter stand der schwarze Wagen im Wald.

»Er wartet auf uns«, murmelte Mia.

»Umso besser. Also hat er was zu besprechen.«

Lars lenkte den Wagen rechts raus.

Der Regen kam in gleichmäßigen Schnüren. Mia öffnete die Beifahrertür. Stieg aus. Der Boden war schlammig, sie sank tief ein. Lars kam ihr nach.

Reimund Dusek kroch ebenfalls aus seinem Wagen. Seine Figur wirkte nachgerade grotesk: Die dünnen, kurzen Beine trugen einen gedrungenen, kräftigen Oberkörper, der in eine wattierte Jacke gehüllt war. Unvorstellbar, dass Monika sich von so einem Mann angezogen gefühlt hatte. Mia zog die Kapuze über den Kopf.

»Warum folgen Sie mir?«, rief er Lars und Mia zu, die langsam näher kamen.

»Er hätte uns ja ganz easy davonfahren können«, flüsterte Mia.

Lars blieb stehen. »Worum geht's?«, fragte er.

»Das müsste ich *Sie* fragen.« Angewidert sah Dusek auf seine Sneakers im Matsch.

»*Sie* wollten doch mit *uns* sprechen.« Lars legte den Kopf schief. Der Regen durchnässte seine Locken. Die Tropfen rannen ihm übers Gesicht.

Dusek stellte den Jackenkragen hoch. »Ist das wahr? Dass man nur ihren Kopf gefunden hat?«

»Ja.«

»Um Gottes willen!«

»Wissen Sie etwas darüber?«

»Worüber?« Dusek wurde kreidebleich.

»Wer sie ermordet hat. Wo die anderen Leichenteile sind. Und warum sie sterben musste.«

»Ich weiß überhaupt nichts. Ehrlich, ich hatte Monika schon lange nicht mehr auf dem Schirm.«

»Das kann jeder sagen«, entgegnete Mia.

»Ich habe sie vor, ich weiß nicht, elf Jahren zum letzten Mal gesehen!« Er rang die Hände. »Wir waren ja kein Paar. Sie zog mich an. Sie war so lebendig, lebhaft, witzig, humorvoll.«

Ja, all das war sie.

»Ich wünschte mir, ihr nahezukommen, ohne daran zu glauben, dass es je was werden würde.«

»Wie lange hat Ihre Affäre gedauert?«

»Sie fing in unserem Architekturbüro an. Das war im Herbst 2004. Ich verfiel ihr sofort. Eine schöne Frau, eine mit Ausstrahlung.«

»Und dann begann Ihre Beziehung?«

»Es war keine Beziehung. Wir trafen uns nur zum Sex. Sie mochte das. Keine Verpflichtung. Keine Erwartung. So war sie.«

»Wussten Sie, dass sie verheiratet war?«

»Monika war kein Kind von Traurigkeit. Sie trug einen Ehering und hatte ein Foto von ihrem Mann auf dem Schreibtisch. Außerdem machte sie kein Geheimnis aus ihrem Kinderwunsch, was für eine Frau im Berufsleben zum Problem werden kann. Sie wissen ja, wie Arbeitgeber ticken. Sie hatte gerade erst in dem neuen Job angefangen.«

Im Wald auf der anderen Straßenseite knackte etwas. Mia fuhr herum.

Da war nichts. Nur Schwärze. Der Regen drang durch ihre Jacke. Ihr war kalt. Das alles war irgendwie unwirklich.

»Also, warum sind Sie mir nachgefahren?«, insistierte Dusek.

»Wie lange lief das zwischen Ihnen?«, presste Mia heraus.

»Es war nichts Regelmäßiges. Dann und wann halt. Ich nehme allerdings an, sie hatte nebenbei weitere Partner. Also, Sexpartner.«

Das passt nicht zu Monika. Und nicht zu André.

»Wusste Monikas Mann davon?«, erkundigte sich Lars.

»Ich habe sie nie gefragt. Wir haben uns selten außerhalb der Arbeit getroffen. Abends flott zu mir, das ging, weil ihr Mann wegen seines Restaurants spät nach Hause kam. Ansonsten achtete sie darauf, dass ihr Privatleben und unsere Beziehung sich nicht in die Quere kamen.«

»Hat Sie das nicht irritiert? Vielleicht hätten Sie sich ein bodenständigeres Verhältnis mit Monika gewünscht.«

»Sie hätte ihren Mann nie verlassen.«

»Als sie plötzlich weg war – wurden Sie da von der Polizei befragt?« Mia machte einen Schritt auf Dusek zu. Der wich zurück. Geriet im Schlamm ins Rutschen. Fing sich gerade noch.

»Natürlich. Die haben alle Mitarbeiter unter die Lupe genommen. Ich habe nichts über uns verraten. Falls die Kollegen etwas mitbekommen hatten, hielten sie die Klappe.«

»Womöglich gab es ja mehr Kollegen, mit denen Monika mal abends flott was unternahm.« Lars' Stimme klang süffisant.

Es wurde dunkel. Mit einem Mal schienen die dicken Regenwolken den Wald und die Straße zu verschlucken. Merkwürdig, dass kein anderes Auto vorbeifährt, dachte Mia. Aber bei dem Wetter … und es ist Feiertag.

»Ich habe manchmal befürchtet, dass mit anderen etwas läuft«, gab Dusek zu. »Ich habe sie nie drauf angesprochen. Ich wollte nicht als der Eifersüchtige dastehen.«

»Als Monika von einem Tag auf den anderen weg war: Was haben Sie damals gedacht? Wo war Monika Ihrer Meinung nach? Sie konnte sich schließlich nicht in Luft aufgelöst haben.«

»Ich war erschüttert, wütend, fühlte mich alleingelassen.« Dusek zog den vom Regen völlig nassen Kopf ein.

Mitleidstour!

»Zunächst dachte ich nur, sie hätte Schwierigkeiten. Dass ihr Mann vielleicht Wind von unseren heimlichen Schäferstündchen bekommen hatte. Die Tage gingen ins Land, es kam kein Lebenszeichen. Ich hatte Angst, verstehen Sie? Mir war klar, ich würde in den Fokus der Ermittler rücken, wenn rauskam, dass Monika und ich – aber ich habe ihr nichts getan. Ich mochte sie. Sie war meine Inspiration, hat meinen Alltag erhellt.«

Mia starrte Dusek an. Er könnte es sein. Er hatte Kraft. So jemand konnte einen Menschen umbringen und den Körper zerteilen. Es würgte sie. Sie machte zwei, drei Schritte auf Dusek zu. Der fuhr mit der Hand in die Jackentasche. Mia stützte sich an seinem Auto ab.

»Entschuldigung«, murmelte sie.

Duseks farblose Augen richteten sich auf sie. Er machte eine Bewegung, als wollte er etwas aus der Tasche ziehen, überlegte es sich jedoch anders.

»Monika war meine Freundin«, fuhr Mia fort. »Von diesem Lebenswandel wusste ich nichts. Ich dachte, sie und André wären ein Herz und eine Seele.«

»Oh, das waren sie auch.« Dusek nahm endlich die Hand aus der Tasche und wischte sich mit einem Taschentuch über das nasse Gesicht, bevor er sich ausgiebig schnäuzte. »Sie hat immer sehr liebevoll von ihm gesprochen. Die beiden waren seelenverwandt, absolut.«

39.

Die Dunkelheit hatte sich zwischen den herrschaftlichen Häusern breitgemacht. Immer noch regnete es. Mittlerweile in dünnen Fäden, die einen feinen Wasserschleier über Straße, Häuser und Fahrzeuge legten. Mia kroch tiefer in den Schatten des Carports.

Kurz nach 21 Uhr erlosch das Licht in der Praxis. Als die Tür von innen geöffnet wurde, sprang die Außenbeleuchtung an. Carsten Wagner trat heraus, schloss ab und spannte einen Schirm auf. Mit großen Schritten eilte er die Eingangstreppe hinunter.

»Papa?«

Er blieb wie angewurzelt stehen, spähte suchend in die Dunkelheit.

»Um Gottes willen, Mia. Was ist denn los? Ist was passiert?«

»Wir müssen reden.«

»Was gibt es so Dringendes?« Er sah erschöpft aus. Der Regen prasselte auf seinen Schirm. »Du bist ja klatschnass.«

»Ich habe etwas Wichtiges mit dir zu besprechen.«

»Jetzt? Entschuldige, ich bin ziemlich groggy. Frag mich, weshalb dermaßen viele Leute ausgerechnet am Karfreitag Zahnschmerzen bekommen.«

»Hattet ihr viel zu tun?«

»Kann man wohl sagen. Deine Mutter ist auch erst vor einer Stunde nach Hause gefahren.«

»Lass uns eine Runde gehen, ja?«

»Bei dem Wetter?« Er lachte auf. »Mach es nicht so spannend!«

Mia zog die Kapuze über ihren Kopf und ging festen Schrittes zur Straße. Ihr Vater folgte ihr. Sie bog nach links ab. Die Villen des Viertels lagen schwarz in der Dunkelheit, einzelne erleuchtete Fenster warfen warme Lichtvierecke auf den nassen Gehsteig.

»Seltsam, diese Stille.«

»Was meinst du?«

»Na ja, Karfreitag. Keine einzige Kirchenglocke läutet. Obwohl man doch sonst jede Stunde welche hört.«

»Da hast du recht.« Carsten ging nun neben ihr und hielt den Schirm über sie beide. »Du siehst müde aus.«

»Ich war heute in Ludming.«

»So?«

Sie nahm die Wachsamkeit in seiner Stimme wahr.

»Bei Ingo Hofstetter. Um dich nicht länger auf die Folter zu spannen: Es ging mir nicht um seine Zudringlichkeiten.« Sie blieb unter einer Straßenlaterne stehen.

»Mia, was soll das? Warum warst du bei Ingo?«

»Du hast ihn gedeckt. Ihr habt gelogen. Ihr alle.«

»Was meinst du, wir haben gelogen?« Verwirrt starrte Carsten seine Tochter an. »Hör mal, du bist natürlich fassungslos und wütend, weil Ingo sich damals diese Grapscherei erlauben konnte und dir niemand half, das ist mehr als verständlich. Aber ich wusste nichts davon. Deine Mutter genauso wenig, für sie lege ich beide Hände ins Feuer. Du kennst sie ja, sie würde so ein Verhalten nie tolerieren. Und du hast nichts gesagt.«

Ein Motorrad rauschte vorbei. Als das Knattern erstarb, sagte Mia:

»Ingo hat Daphne nicht heimgefahren.«

Carsten Wagner wurde blass. Seine Hand hatte Mühe, den Schirm gerade zu halten. »Wie bitte?«

»Ihr habt euch abgesprochen. Dass Ingo Daphne nach Hause gefahren hätte. Aber das stimmt nicht. Ingo fuhr Daphne *hinterher*, nachdem sie mit dem Rad allein aufgebrochen war. Er sammelte sie auf und brachte sie letztendlich heim.«

»Na«, Carsten atmete tief durch, »mag sein, das weiß ich gar nicht mehr.«

Mia setzte sich wieder in Bewegung. Ihr war kalt, sie lief schnell. Vor ihrem Mund sah sie ihren Atem aufsteigen.

Verräterischer Frühling!

»Ich glaube schon, dass du das noch weißt. Die Frauen haben ihn nämlich gedrängt, Daphne nachzufahren. Weil sie am späten Abend nicht allein mit dem Rad den steilen Berg nach Stammbach hinaufstrampeln sollte.«

»Das ... kann sein. So richtig klingelt es nicht bei mir, aber mag schon stimmen.«

Rechts neben ihnen ragten die regennassen Bäume des Hains auf. Der alte Bürgerpark, die grüne Lunge der Altstadt, wirkte bei Nacht wie ein finsteres Ungetüm, dem man besser nicht zu nahe kam. Ein Wagen fuhr vorbei. Mia überquerte die Straße. Es amüsierte sie, dass ihr Vater neben ihr herlief wie ein Begleithund. Normalerweise hätte sie ihm die Wahl des Spazierweges überlassen. Nun gab sie an, wo es langging. Sie bog in den asphaltierten Weg ein, der in den Park führte. Nur wenige Laternen beleuchteten die schmale Straße. »Ihr habt damals alle behauptet, er habe sie heimgefahren. Dass er ihr erst später gefolgt ist, habt ihr nicht zu den Akten gegeben.«

»Du lieber Himmel, ist das so wichtig?«

»Ist es. Denn es bedeutet, dass ihr vorher mit Daphne Streit hattet. Oder Ingo. Oder ein anderer von euch.«

»Wie …«

Mia blinzelte in die langen Regenschnüre, die im fahlen Licht glitzerten.

»Ingo schlug seinen Sohn. Wahrscheinlich mit schöner Regelmäßigkeit. Du hast das mitbekommen, vielleicht wusstest du schon länger davon, vielleicht erst seit jenem Abend. Warum hast du ihn nicht darauf angesprochen?«

»Also … Ich muss sagen, ich bin sprachlos.«

»Ein kleiner Junge wurde von seinem Vater verprügelt, und du hast zugesehen. Weißt du, was ich glaube? Dass Daphne das ebenfalls mitbekommen hat. Dass Ingo Jakob mit Ohrfeigen oder Schlimmerem traktierte. Deswegen hat Daphne Krach geschlagen. Daraufhin fühlte Ingo sich in die Enge getrieben, ist ihr nachgefahren und hat sie beseitigt.«

Carsten Wagner blieb stehen. »Nein, warte.« Er griff nach ihrer Schulter. »Wie kommst du nur auf so was? Ich habe nie gesehen, dass Ingo seinen Sohn misshandelte. Wirklich nicht. Das musst du mir glauben.«

»Ich weiß es aus sicherer Quelle.«

Keine Ahnung, wie verlässlich Monikas Tagebücher sind.

Ein Pärchen kam aus der Dunkelheit auf sie zu. Die beiden trugen Regenjacken, kuschelten sich kichernd aneinander und verstummten, als sie an Mia und Carsten vorbeigingen. Mia wartete, bis sie außer Hörweite waren. Aus dem Dickicht neben dem Weg hörte man das schrille Pfeifen eines Vogels.

»Du hast dich Ingo gegenüber verpflichtet gefühlt. Weil er euch geholfen hat. Mit einer Finanzspritze. Wobei ich immer noch nicht verstehe, wofür ihr das Geld brauchtet.«

Carsten stöhnte. »Meine Güte, Simone und ich hatten uns verspekuliert! Mit einer Immobilienanlage. In drei Teufels Namen, die Finanzberater glauben doch, du bist Zahnarzt, du trägst das Geld im Rucksack heim, dich können sie aussaugen! Und sogar zwei Zahnärzte in einer Familie! Solche Leute melken sie. Die drehen dir jeden verdammten scheiß Schrott an!« Er rang nach Atem.

Mia schlang die Arme um den Oberkörper. »Lass uns weitergehen. Es ist kalt.«

»Simone hat mich beschworen, dir nichts von unseren Schulden zu sagen. Sie wollte dich nicht verunsichern.«

Vor ihnen ragte die dunkle Silhouette des *Bootshauses* auf. Das Restaurant war geschlossen, die weitläufige Terrasse lag regennass da. Jenseits rauschte die Regnitz. Auf dem Parkplatz standen drei Autos. Kein Mensch war zu sehen.

Mia stieg über die Kette, die die Terrasse absperrte. Bald würden hier Bierbänke stehen und Menschen an warmen Abenden ihre Brotzeit genießen. Von heute aus gesehen schien es, als wäre der Sommer noch sehr weit weg.

»Nun warte doch, Mia.«

Sie stützte sich auf den Zaun, der die Terrasse vom Fluss trennte, und starrte in das schwarze Wasser. Es roch modrig, nach Totholz und Feuchtigkeit.

Carsten stellte sich neben sie.

»Weißt du, später konnten wir den Verlust ausgleichen. Aber ohne Ingos Unterstützung hätten wir alt ausgesehen, vielleicht sogar die Praxis verkaufen müssen. Das wäre natürlich der Untergang gewesen.« Er legte den freien Arm um seine Tochter. »Ja, vielleicht sollten Eltern Teenager einweihen in das, was sie beschäftigt. Erwachsene meinen immer, es wäre besser, die Kinder zu schonen.«

Mia hielt still in seiner linkischen Umarmung, obwohl sie sich liebend gern daraus befreit hätte.

»Bei allem, was recht ist – ich hätte doch nie die Misshandlung eines Kindes hingenommen!« Ihr Vater gewann etwas von seiner üblichen Selbstsicherheit zurück. »Und ob Ingo Daphne nachfuhr oder sie gleich heimbrachte … ist das so wichtig?«

Nun machte Mia sich doch los.

»Es macht einen Riesenunterschied«, sagte sie langsam, wobei sie die Stimme hob. »Erstens: Ihr habt es alle anders zu Protokoll gegeben, obwohl ihr doch leicht die Wahrheit hättet sagen können. Dass Daphne sich auf den Weg machte, ihr Bedenken hattet, weil es spät war und sie sich schlecht fühlte, und dass deswegen Ingo hinterherfuhr und sie heimbrachte. Wäre nichts dabei gewesen. Das habt ihr nicht getan. Dafür müsst ihr einen Grund gehabt haben!«

Ihre Worte hallten laut in der Dunkelheit. Am anderen Flussufer sah sie ein Fahrrad mit spärlicher Beleuchtung Richtung Innenstadt fahren.

»Diesen Grund zu erschließen, ist simpel: Ihr habt nicht die Wahrheit gesagt, weil es Streit gab. Mit Daphne.

Zwischen ihr und Ingo oder euch allen oder einigen von euch. Sie hat das mit den Ohrfeigen thematisiert und ist dann abgedampft. Oder sie wollte nicht allein mit Ingo im Auto sein, weil sie Angst hatte, er würde wieder zudringlich werden.«

»Wirklich, Mia …«

»Zweitens: Wenn diese gemeinsame Lüge notwendig war, kann es auch sein, dass gar nicht Ingo gefahren ist. Sondern ein anderer. Zum Beispiel du.«

KARSAMSTAG

40.

Das Handy klingelte, zerriss den zarten Schleier aus Träumen, der sich vor gefühlten drei Minuten über Mia gelegt hatte.

Sie fand sich selbst auf dem Sofa, angezogen, nur die Schuhe hatte sie abgestreift.

Zornig fraß sich der Klingelton in die Stille des Karsamstagmorgens. Mia warf einen Blick auf die Uhr. Kurz nach 8 Uhr.

Nach dem Gefühlschaos, das sie letzte Nacht durchlebt hatte, konnte es nicht schlimmer werden. Sie nahm den Anruf an. »Hallo?«

»Hier Kriminalhauptkommissar Eyrich. Spreche ich mit Mia Wagner?«

Um Gottes willen! Konnte Eyrich bereits Bescheid wissen?

Kann er nicht!

»Ja, ich bin es, Mia.« Sie schluckte ein paarmal. Ihre Stimme war rau, das Sprechen schmerzte.

»Pius Geuter hat sich bei mir gemeldet. Sie hätten ihm eine Nachricht auf dem Anrufbeantworter hinterlassen.«

»Das war vorgestern, glaube ich.«

»Mag sein. Er ist weggefahren, verbringt Ostern bei seinem Sohn in München. Aber er ist ein Technikfreak, obwohl er nicht so aussieht.« Eyrich lachte leise. »Kann seinen Anrufbeantworter aus der Ferne abhören. Da hat er sich an mich gewandt.«

»Okay.« Mia setzte sich auf. Ihr Hals tat weh. Sie hätte jetzt gerne einen ruhigen Moment gehabt, um zu überlegen, was Eyrich wusste und was sie ihm zu sagen bereit war.

»Eigentlich wäre ich die richtige Adresse für Ihren Anruf gewesen, Frau Wagner.«

»Ich ...«

»Sie haben eine wichtige Aussage gemacht. Dass Sie Ingo Hofstetter früh am Morgen nach der Grillparty in Ludming gesehen haben und dass Ihnen dies verdächtig vorkam.«

»Das stimmt«, krächzte Mia.

»Ich will diese Aussage zu Protokoll nehmen. Können Sie vorbeikommen? In der Polizeidirektion?«

»Es ... es geht mir nicht gut.«

»Sie sind ziemlich erkältet, was?«

»Ich habe hohes Fieber«, log Mia. Im selben Moment

schien die Lüge Wahrheit zu werden. Eine Hitzewelle überrollte sie.

»In dem Fall bestätigen Sie mir diese Aussage am besten jetzt telefonisch und kommen, sobald es Ihnen besser geht. Nach Ostern. Okay?«

»Ja, okay. Ich hatte damals, als das Grillfest bei den Hofstetters stattfand, auch eine Erkältung. Deswegen kroch ich früh ins Bett. Gegen 5.30 Uhr am nächsten Morgen wachte ich auf und wollte mir ein Glas Wasser holen, weil ich Halsschmerzen hatte. Ich ging runter in die Küche. Da sah ich, wie Ingo heimkam und einen Sack in die Mülltonne stopfte.«

»Können Sie das genauer beschreiben?«

Mia hörte eine Computertastatur klappern.

»Er öffnete die Mülltonne, die in der Einfahrt stand, und stopfte einen schwarzen Sack hinein.«

»Was war in dem Sack?«

»Es war ein gewöhnlicher Müllsack. Er war zugebunden, ich konnte nicht erkennen, was darin war.«

»Schien er schwer zu sein?«

»Ja, Ingo musste ihn mit beiden Händen hochstemmen, es war anstrengend für ihn.«

»Wie kam Ingo? Zu Fuß?«

Mia rieb sich das Genick.

»Nein, ich glaube, er bog mit dem Auto in die Einfahrt, hievte den Sack aus dem Kofferraum und …«

»Sie glauben?« Das Klappern der Tastatur hörte schlagartig auf.

Verdammt, ich weiß es nicht mehr.

»Frau Wagner?«, bohrte Eyrich nach.

»Ich bin mir nicht mehr sicher. Ich hatte immer gedacht,

er wäre mit dem Auto eingebogen, aber wenn ich jetzt nachdenke … Ich weiß es nicht mehr.«

»Rufen Sie sich so viele Details wie möglich ins Gedächtnis. Und melden Sie sich bei mir. Spätestens am Dienstag.« Er diktierte ihr seine Handynummer.

Mia kritzelte sie auf die Titelseite eines kunsthistorischen Magazins.

»Eine zweite Sache. Sie behaupten, dass Monika Böhme sich Ingo Hofstetter gegenüber für den neuen Job erkenntlich zeigte, indem sie Sex mit ihm hatte.«

»Ja.«

»Wie genau wissen Sie das?«

Mias Gedanken rasten. Wenn sie Eyrich berichtete, dass ihre Mutter Monikas und Ingos Stelldichein in der Scheune mitbekommen hatte, würde er mit den Wagners sprechen wollen. Aber sie war nicht bereit, ihre Eltern derart auszuliefern. Noch nicht.

»Ich war gestern mit einem Freund bei Ingo. Es hat mir alles keine Ruhe gelassen. Ingo gab es zu. Da war außerdem ein Mann zu Besuch, ein früherer Kollege von Monika namens Reimund Dusek. Der hatte eine länger andauernde Affäre mit Monika.« Mia biss sich auf die Lippen.

»Der Name ist notiert.« Eyrich tippte eifrig. »Ich wünsche Ihnen schöne Ostern!«

»Ihnen auch. Was ist mit dem Doppelmord?«

»Werfen Sie mal einen Blick in die heutige Zeitung. Wir suchen Zeugen.« Damit legte er auf.

41.

»Wenn die Clique sich in einer Sache abgesprochen hat, kann sie das auch noch im Hinblick auf weitere Dinge getan haben.« Lars zog ein Stirnband über die Ohren und schlüpfte in seine Handschuhe. »Verdammt, ist das kalt geworden. Die Kinder können morgen im Schneeanzug Ostereier suchen.«

Sie saßen hinter der Gangolfskirche auf einer Bank und beobachteten Andrés Wohnung. Rundum grünten die Bäume, und in den Gärten wuchsen Krokusse und Narzissen um die Wette. Mia hatte die noblen Bürgerhäuser rings um die Kirche immer gemocht. Dieser Bamberger Winkel kam ihr vor wie ein geheimer Distrikt, ein grüner Rückzugsort für Tagträumer, der sich zwischen Luitpold- und Königstraße, ihrem Lärm und Schmutz zu behaupten wusste.

»Ich habe Eyrich nichts gesagt«, murmelte Mia.

Und dir auch nicht alles.

»Worüber?«

»Dass Ingo Daphne nachgefahren ist. Dass die Gruppe sich abgesprochen hat. Ich muss erst rausfinden, was mit Monika war.«

»Hm.«

»Das Problem ist, ich bin mir nicht sicher, ob Ingo an jenem Morgen wirklich mit dem Auto zurückkam. Ich habe mir die ganze Zeit eingebildet, dass es so war. Also, von dem Moment an, als mir das alles überhaupt wieder einfiel. Jetzt frage ich mich, ob ich nicht nur gesehen habe, wie er den Müllsack in die Tonne hievte.« Sie hustete.

»Das menschliche Gedächtnis macht, was es will. Es kann sein, dass du dir Erinnerungen selbst generierst oder glaubst, dich an etwas zu erinnern, was andere dir erzählt haben.«

»Es ist verdammt kompliziert.«

»Du klingst heiser.«

»Ich habe Halsschmerzen.«

»Wie damals?«

Mia nickte ungehalten. Sie hatte wirklich keine Lust, von Lars durchleuchtet zu werden. 100-prozentig hätte er eine Erklärung dafür, welche psychischen Ursachen hinter ihren Halsschmerzen standen.

»Meinst du wirklich, er ist nicht da?«, fragte sie.

»Sieht nicht so aus. Auf mein Klingeln eben hat er nicht reagiert. Und zwischendurch heimgekommen ist er auch nicht.«

»Dann los.« Mia konnte unmöglich länger warten. Ungeduldig tastete sie nach dem Schlüssel in ihrer Jackentasche.

Ich würde es Lars gern sagen. Das mit Papa. Aber ich kann nicht. Ich muss erst wissen, was André weiß.

Sie überquerten die Königstraße und blieben vor Andrés Haus stehen. Vorsichtshalber drückte Mia auf die Klingel. Nichts rührte sich.

»Schließ schon auf.«

»Ich missbrauche gerade sein Vertrauen.«

»Soll ich lieber?«

Lars streckte die Hand aus. Sie legte den Schlüssel hinein. Er sperrte die Tür auf.

Als Mia in die Wohnung in der Moosstraße gezogen war, hatte sie André ihren Ersatzschlüssel gegeben. Mit den Worten: »Du weißt, wie schusselig ich manchmal sein kann.« Daraufhin hatte er ihr seinen überreicht und grinsend »geht mir genauso« gesagt. Jetzt drang sie bei ihm ein wie ein Dieb in der Nacht und führte ihre ganze Freundschaft ad absurdum.

»Worauf wartest du, Mia?«

Sie schlüpften durch die Haustür.

»Die linke Wohnungstür«, flüsterte Mia. »Derselbe Schlüssel.«

Lars steckte den Schlüssel ins Schloss. Es klickte leise, dann standen sie in Andrés Wohnung.

»Wo sollen wir anfangen zu suchen?« Lars sah sich um.

»Den Karton mit den Tagebüchern hatte er im Wohnzimmer.«

»Geh voraus.«

Mia versuchte, so leise wie möglich aufzutreten, aber selbst ihre Atemzüge klangen überlaut in ihren Ohren. Sie hatte nie auch nur eine Sekunde Anlass gehabt, André zu misstrauen. Nun stand alles kopf.

Sie haben sich alle abgesprochen. Auch André. Und all die Jahre hat er dichtgehalten.

»Hier!« Mia zeigte auf den Schrank.

Lars öffnete die Tür. »Klappriges Modell«, murmelte er. »Man sollte mal die Schrauben nachziehen.«

Mia zog den Karton heraus. »Vier Kladden.« Sie nahm eine nach der anderen in die Hand. »Mehr ist da nicht. Das sind die Tagebücher, die ich gelesen habe.«

»Du glaubst, es gibt noch andere?«

»Ich bin mir nicht sicher.«

Ich komme mir saublöd vor. Schleiche mich in Andrés Wohnung, um etwas zu suchen, was es vielleicht gar nicht gibt.

»Lass uns nachsehen.«

Lars begann, mit den geübten Fingern eines Entrümplers den Schrank zu untersuchen. Mia machte sich ans Bücherregal. Sie nahm jedes Buch heraus, tastete in den Zwischenraum zwischen Büchern und Wand. Vergeblich.

Nach zehn Minuten sagte Lars: »Hier ist nichts. Schlafzimmer?«

Sie schlichen hinüber.

Ich kann das nicht.

»Er hat alles auf meine Mutter geschoben«, wisperte Mia.

»Was?« Lars stand vor dem Schrank und durchsuchte die Fächer.

»Er hat gesagt, meine Mutter hätte die Affären gehabt. Nicht Monika. Schon in der Partynacht. Da hätte Monika meine Mutter und Ingo beim Schäferstündchen ertappt.«

»Pfff.« Lars ließ vom Schrank ab und wandte sich dem Nachtkästchen zu. Mit ein paar geschickten Griffen checkte er die beiden Schubladen. »Hier ist jemand ganz groß im Übertragen.«

»Du meinst: André?«

»Na klar. Er konnte Monikas Affären nicht aushalten, hat seine Frau aber auch nicht darauf angesprochen. Deswegen hat er für sich selbst alles umgedreht: Nicht Monika hatte in seiner Wahrnehmung die Affären, sondern deine Mutter.«

»Das kann er doch selbst nicht geglaubt haben.«

»Weißt du, Mia, jeder Mensch glaubt eine Menge Dinge über sich selbst und die Leute, die ihn umgeben. Wir glauben, was wir glauben wollen. Wenn wir jemanden lieben, verstärkt sich der Effekt sogar.«

»Welcher Effekt?«

»Simpel gesagt: dass wir uns in die Tasche lügen. Viele Male. In kleinen wie in großen Dingen.«

Klugscheißer!

Widerstrebend musste sich Mia eingestehen, dass er recht hatte. Sie selbst wollte auch nichts auf Monika kommen lassen.

»Irgendwas stimmt nicht mit den Tagebüchern. Ihr letztes klang so, als hätte sie es vor allem deshalb geschrieben, um die Aussage der Clique, Ingo habe Daphne heimgefahren, zu zementieren.«

»Mag sein. Offen gesagt finde ich das sogar ziemlich clever.«

»Lass uns gehen. Wir finden hier nichts.«

»Ich gehe kurz ins Bad. Schau du in die Küche!« Lars war schon unterwegs.

Verdrossen sah Mia sich um. Das einzige Schriftstück, das sie in der Küche fand, war ein abgegriffener Terminkalender, in dem André seine Dienstzeiten und freien Tage eingetragen hatte.

Und Mias Besuche.

Donnerstag: Mia hier. Übernachtet.

Sie schauderte.

»Warum hat er das aufgeschrieben?«, murmelte sie.

Vor der Wohnungstür hörte sie Stimmen. Eine Frau redete aufgeregt, ein Mann antwortete. André!

»Lars!« Sie warf den Kalender zurück in die Schublade, aus der sie ihn genommen hatte, und stürzte ins Bad. »André ist vor der Tür! Wir müssen weg!«

42.

Ingo stieg aus dem SUV. Er hatte absichtlich auf dem »Parkplatz für Priester« gehalten. Typisch für diese Gegend, dachte er genervt. Ein extra Parkplatz für die Geistlichkeit. Über ihm lag der Gügel, eine Wallfahrtskirche, die einsam auf dem Sporn eines Berges errichtet war. Ziemlich spektakulär, wie der schmale Sandsteinbau auf dem Felsen hockte. Vom Westportal bot sich ein atemberaubender Blick bis ins Maintal und hinunter nach Bamberg. Nicht allzu weit von hier hatte man Monikas Schädel gefunden. Nicht *allzu* weit ...

Ein Sportwagen röhrte den Berg hinauf. Die Fahrt zu diesem abgeschiedenen Ort hatte ihre Tücken, Schotter und Matsch nach dem gestrigen Regen an dem steilen Hang verlangten einiges an Fahrkünsten. Er war froh über sein geländegängiges Fahrzeug.

»Na, Carsten?«

Der Zahnarzt schälte sich aus seinem flachen Gefährt.

»Du parkst falsch.« Carsten zeigte auf das Schild.

Ingo grinste. »Heute findet hier nichts statt, wofür man einen Priester brauchen würde. Bis zur Osternacht sind wir wieder weg. Dein Auto ist voller Dreck. Du hingegen siehst gut aus. Hast dich prima gehalten.«

»Danke. Drolliger Treffpunkt.« Carsten schob die Hände in die Jackentasche. »Was gibt es so Dringendes?«

»Ich wollte mich nicht in Bamberg mit dir treffen. Zu viele Augen. Lass uns ein Stück gehen.«

Sie umrundeten die Kirche und stiegen bei der Gastwirtschaft die Treppen hinauf zum Seiteneingang. Ingo stieß die schwere Holztür auf. Schweigend führte er Carsten durch die Marienkapelle mit den flackernden Kerzen zu der schmalen Wendeltreppe, die in die Hauptkirche hinaufführte.

Niemand sonst war hier. Man hatte das Kirchenschiff bereits für die Osternacht geschmückt. Das Hauptportal war verschlossen. Ingo setzte sich in eine Kirchenbank.

»Komm, lass dich nieder.«

»Gibt's was zu beichten?«

»Deine Tochter hat ein paar problematische Fragen gestellt.«

»Ich weiß. Sie hat mich gestern nach dem Notdienst an der Praxis abgepasst.«

Ingo sah Carsten scheel an. »Und?«

»Sie wusste Bescheid. Und hat sich zusammengereimt, dass es einen Grund für unsere Notlösung gab. Schließlich blieben wir alle bei der anderen Version.«

»Ich habe es ihr selbst erzählt.«

»Warum denn das?« Carstens Worte hallten in der leeren Kirche wieder. Erschrocken senkte er die Stimme. »Warum hast du das gemacht?«

»Ich wollte ihr ein bisschen Beute hinwerfen. Damit sie was hat, woran sie sich abarbeiten kann.« Ingo betrachtete den Hochaltar. Maria im roten Kleid auf einer Wolke, von Engeln umringt. »Die andere Sache, die muss unter uns bleiben. Egal, wie sehr sie dich nervt. Klar?«

»Sie weiß auch davon.«

Ingo straffte die Schultern. »Nur damit wir uns richtig verstehen, Carsten: Ich kann schweigen. Aber wenn du redest, trage ich ihr zu, wer gefahren ist.«

»Ich habe dir doch gesagt: Sie weiß Bescheid.«

»Fuck!« Ingo schnellte hoch. Ihm wurde bewusst, dass er sich in einer Kirche befand, und trotz aller Skepsis hielt irgendetwas in ihm an den Verhaltensregeln fest, die er als Kind einer frommen Familie verinnerlicht hatte. Er setzte sich wieder. »Das ist nicht dein Ernst.«

»Doch. Woher auch immer sie das hat.«

»Sie ist raffiniert. Was macht sie eigentlich beruflich?«

»Nichts. Das ist es ja. Sie hat studiert. Kunstgeschichte. Und findet keinen Job.«

Ingo lachte zynisch auf. »Zahnmedizin hätte ich erwartet.«

»Das wollte sie nie.«

»Verständlich.« Ingo schwieg für einen Moment. »Du hängst mit drin. Das ist dir doch klar.«

»Ich habe all die Jahre nichts gesagt! Keiner von uns hat den Mund aufgemacht.«

»Ich gehe davon aus, dass das so bleibt.« Ingo senkte die Stimme. »Du bist Arzt. Wenn was rauskommt, ist deine berufliche Laufbahn am Ende. Ich werde dich nicht schonen. Selbst wenn sich vor Gericht nichts Handfestes ergibt: Irgendwas bleibt immer hängen. Sagt man doch so.«

»Du bist ein Dreckschwein.«

»Mein dreckiges Geld kam dir aber zupass.« Ingo lächelte selbstgefällig. Er wusste, dass er Carsten in der Hand hatte. Der hing an seinem Beruf, an seinem Renommee und an den vielen kleinen Ehrenämtern, die er in der Stadt übernommen hatte. Man kannte Doktor Carsten Wagner. Das auf Hochglanz polierte Bild durfte keine Risse bekommen. Genauso wenig wie der Sportwagen einen Kratzer. »Also, ich verlasse mich auf dich. Hast du mit deiner Frau gesprochen?«

»Simone ist nicht der Typ, der Abmachungen bricht.« Carsten schien zu zögern.

»Ja? Ist noch was?«, insistierte Ingo.

In der Unterkirche öffnete jemand die Tür. Das Quietschen hallte durch das ganze Gebäude.

»Nein, alles in Ordnung. Wir bleiben dabei. Alles wie gehabt.«

»Ich warne dich.« Ingo erhob sich, deutete mit dem Zeigefinger auf Carsten. »Du hältst die Klappe! Alles andere wäre Selbstmord.«

»Und Monika? Was ist mit ihr?«

»Pah, Monika. Wer interessiert sich denn noch für Monika.« Kopfschüttelnd verließ Ingo die Kirchenbank. »Wir gehen getrennt!«

Er spazierte zum Schriftenstand, warf ein paar Münzen in die Kasse und nahm einen Kirchenführer vom Regal. Damit machte er sich auf den Weg zur Treppe.

Carsten war ein Warmduscher. Der würde kein Risiko eingehen.

Ingo eilte die schmale Treppe hinunter. Als er durch die Marienkapelle schritt, saß ein Mann auf der Bank an der hinteren Wand, den Blick auf die brennenden Kerzen gerichtet.

»Grüß Gott, Herr Hofstetter. Harald Eyrich mein Name. Kriminalpolizei. Haben Sie ein paar Minuten?«

43.

»Christine? Warte doch mal!«

Mia trat in die Pedale. Der Wind pfiff ihr ins Gesicht. Sie war kurz vor Christines Wohnhaus in der Mayerschen Gärtnerei gewesen, als die auf einem E-Bike aus einer Nebenstraße geschossen kam und direkt vor Mias Nase auf das Erba-Gelände abbog. Die Wege zwischen den Schrebergärten wirkten wie ausgestorben. Anscheinend hielt der eisige Wind die Kleingärtner davon ab, im Garten aktiv zu werden. Nur vor der *Bienen-InfoWabe*, wo ein paar Bienenvölker im Sommer eifrig Nektar sammelten und Imker Interessierten die Welt des Honigs nahebrachten, grub ein Mann in einem Beet.

»Christine!«, schrie Mia gegen den Wind.

Christine bremste, sprang vom Rad und drehte sich zu Mia um, so schnell, dass Mia beinahe in sie hineingekracht wäre. Mit quietschenden Bremsen stoppte sie gerade noch rechtzeitig. Der Mann guckte neugierig zu ihnen hinüber.

»Was willst du, Mia?«

»Zwei Sachen. Wieso habt ihr alle die Unwahrheit gesagt?«

»Spinnst du?« Christine war ganz rot im Gesicht. Ob vom kalten Wind oder von der kaum verhohlenen Wut, war nicht zu erkennen. »Wieso die Unwahrheit?«

»Ingo hat Daphne nicht heimgefahren, sondern ist ihr nachgefahren. Nachdem du, meine Mutter und Monika ihn gebeten habt.«

»Kommt das nicht aufs selbe raus?«

»Es stimmt also?« Mia konnte sich ein Grinsen kaum verkneifen. Christine hatte sich sehr leicht in die Enge treiben lassen.

»Ehrlich gesagt, ich weiß nicht mehr, wie das genau war.«

»Zweitens: Das hast du bestimmt noch präsent, denn das war letztendlich der Grund, warum du mit Jakob ausgezogen bist.«

Christine packte den Lenker ihres Rads fester. Ihre Fingerknöchel waren ganz weiß.

»Ingo hat Jakob geschlagen. Und zwar regelmäßig. Du hast es zuerst nicht wahrhaben wollen. Bis du endlich Konsequenzen gezogen hast.«

»Was für ein Quatsch!«

»Ich kann auch Jakob danach fragen.« Mia zog den Schal fester. »Er wird sich sicherlich daran erinnern.«

»Untersteh dich.«

»Kannst du nicht einfach mit der Wahrheit herausrücken, Christine?«

Ein kleiner Junge hüpfte neben seinem Vater über den Weg. Sie blieben vor dem Tor stehen, das in den *Interkulturellen Garten* führte, und nestelten am Schloss.

»Warum rührst du in diesen alten Geschichten herum?«

»Weil ihr alle gelogen habt. Und es immer noch tut. Ich dachte zuerst, es ginge um Affären. Im letzten Gespräch mit Monika hast du etwas von Frischfleisch gesagt, das Ingo bald brauchen würde. Doch viel schlimmer war was anderes: Dein Ex hat seinen Sohn geschlagen. Daher hast du irgendwann die Reißleine gezogen.«

Christine starrte kopfschüttelnd vor sich hin, als könne sie einfach nicht glauben, dass sie an diesem windigen Frühlingstag zwischen Kleingärten zur Rechenschaft gezogen wurde.

»Das ging schleichend los.« Resigniert blies sie in ihre kalten Hände. »Zuerst knallte er nur mit Türen und schlug mit der Faust auf den Tisch, wenn Jakob quengelte. Später ist ihm ab und zu die Hand ausgerutscht. Wenn er müde von der Arbeit war und ungeduldig. Schließlich wurde dieses Verhalten zur Gewohnheit.«

»Gewalt als Mittel der Erziehung?«

»Ich habe zu lange geglaubt, ich könnte Ingo davon abbringen. Ihn mit Vernunftargumenten überzeugen. Die Frau, die die Welt rettet, nicht wahr?« Sie blickte in den *Interkulturellen Garten*, wo der Mann versuchte, die Wasserpumpe zum Laufen zu bringen. Der kleine Junge sprang singend um ihn herum. »So habe ich mir eine Familie vorgestellt. Einen Vater, der das Kind mal mitnimmt, ihm was beibringt, Zeit mit ihm verbringt. Fröhlich ist. Ingo war dazu wohl nicht der richtige Partner. Der hat seinem Jungen nicht ein einziges Mal Ostereier versteckt. Oder welche mit ihm bemalt.«

»Ingo wird bald wieder Vater.«

»Ich muss jetzt weiter.« Christine stieg auf ihr Rad.

»Warte. Es gibt noch …«

»Himmel noch mal, kannst du mich nicht einfach in Ruhe lassen? Ich bin heilfroh, dass ich Jakobs Erziehung so gut hingekriegt habe. Er ist ein anständiger junger Mann geworden. Ich habe keinen Nerv mehr, mich an der Vergangenheit aufzureiben.«

»Wer wusste noch von den Misshandlungen?«

»*Misshandlungen*, ich weiß nicht, ob das die richtige Bezeichnung …«

»Herrgott, Christine! Wie lange willst du vor der Wirklichkeit davonlaufen?«

»Was verstehst du denn davon!« Wütend schlug Christine auf den Fahrradlenker. »Als ich so alt war wie du, hatte ich auch andere Vorstellungen, wie mein Leben verlaufen sollte. Darauf kannst du wetten.«

»Wer wusste es noch?« Ein Windstoß wehte Mia Haarsträhnen ins Gesicht.

Christine schwieg.

»Wusste Monika davon? Sie war nach Daphnes Verschwinden noch öfters bei euch. Hat sie mitgekriegt, wie Ingo die Hand ausrutschte?«

»Kann sein.«

Die Antwort kam so leise, dass Mia sie kaum hörte.

»Und sonst jemand? Meine Eltern?« Mias Herz hämmerte.

Christine zuckte die Schultern. »Vielleicht.«

»Du brauchst mich nicht zu schonen.«

»Ich habe es vergessen.«

Verkauf mich doch nicht für blöd!

»Als du dich mit Monika trafst, kurz vor ihrem Tod: Was meintest du da mit ›Frischfleisch‹?«

»Ach das! Du bist doch sicher selbst drauf gekommen, so wie du dich in alles verbeißt! Ingo hat nichts anbrennen lassen. Ich freute mich wirklich, Monika mal wieder zu sehen, so spontan … Na gut, sie hatte mich mit meinem Mann betrogen. Das war allerdings schon eine ganze Weile her. Ich war drüber weg.«

»Du musst wütend gewesen sein.«

»Sicher nicht wütend genug, um sie umzubringen! Das sollte auch dir klar sein. Ich wollte sie aus der Reserve locken. Wahrscheinlich hätte sie mir sogar die Wahrheit gesagt, dass sie mit Ingo … Als sie mir über den Weg lief, war ich längst geschieden und über das Meiste hinweg. Jedenfalls … sie ist tot. Lass uns endlich mit diesen alten Geschichten aufhören. Davon wird sie nicht mehr lebendig.«

»Ich glaube aber, du weißt, dass die sogenannten alten Geschichten nicht ganz so verliefen, wie ihr es gerne gehabt hättet. Hättest du nicht auch für Daphne eine Verantwortung gehabt? Sie war deine Babysitterin. Und erst 17!«

Christine wurde blass. Aus dem *Interkulturellen Gar-*

ten klangen die Jubelschreie des Kleinen, als die Pumpe Wasser ausspuckte.

Mia fuhr fort: »Und ich denke, du entsinnst dich sehr gut, dass es nicht Ingo war, der Daphne nachgefahren ist.«

44.

Mia radelte kreuz und quer über das Erba-Gelände. Die Sonne brach immer mehr durch, viele Leute gingen spazieren, auf dem Sportplatz spielten Studenten Volleyball.

Sie hat es gewusst und will es bis heute nicht wahrhaben! Ihr Mann hat ihren Sohn regelmäßig geschlagen, und sie nimmt ihn immer noch in Schutz. Sieht mich als Nestbeschmutzerin. Als nervige Tussi ohne Lebenserfahrung.

Christines Ablehnung tat Mia beinahe körperlich weh. Um die Beklemmung abzuschütteln, die das Gespräch in ihr ausgelöst hatte, trat sie immer fester in die Pedale. Sauste bis zur nordwestlichen Spitze der Landzunge und zurück. War es wirklich nötig gewesen, ihr zu stecken, dass sie bereits wusste, wer Daphne nachgefahren war?

Mein Vater. Mein Vater.

Mia hob die Füße von den Pedalen. Das Rad schoss den Weg parallel zum Main-Donau-Kanal entlang, der gut fünf Meter unter ihr in der Sonne glitzerte. Ein Ausflugsschiff, wahrscheinlich eines der ersten in diesem Jahr, stampfte Richtung Hafen. Auf Deck saßen die Touristen warm eingepackt und schossen Fotos. Mia kniff die Augen zu.

Sie müsste nur den Lenker verreißen. Die Böschung hinunterstürzen, in den Kanal. Die Augen schließen. Das Atmen vergessen. Nichts mehr denken. Raus aus allem.

Nein!

Mia riss die Augen auf. Eine Frau mit einem Labrador an der Leine spazierte an ihr vorbei und warf ihr einen kritischen Blick zu.

Langsam rollte das Fahrrad aus. Mia stieg ab. Ihre Knie zitterten. Der Sturz ins Wasser war so real erschienen, als hätte sie ihn wirklich erlebt. Aber was war letztlich real und was nur eingebildet? Hatte sie Ingo wirklich mit dem Auto kommen sehen an jenem Morgen? Hatte ihr Vater ihr tatsächlich erzählt, dass er es gewesen war, der Daphne heimgefahren hatte, weil Ingo schon so viel getrunken hatte? Weil er, Carsten, mit Daphne hatte reden wollen? Angeblich, um sie dazu zu bringen, Stillschweigen über Ingos Gewalt gegen dessen kleinen Sohn zu bewahren? Hatte er behauptet, er selbst würde sich Ingo zur Brust nehmen und dafür sorgen, dass Ingo nicht mehr zuschlug?

Mia schnaubte vor Wut, als sie das Rad weiterschob und den langen Steg betrat, der weit über den Kanal hinausragte. Am anderen Ufer lagen die Hafenbetriebe.

Lagerhäuser, Schrottplätze, Fabrikhallen. Das Gegenprogramm zur Romantik des Weltkulturerbes. Unter ihr schaukelten ein paar Enten auf den Wellen. Mia lehnte ihr Rad an das Geländer.

Daphne war 17 und bestimmt nicht lebensuntüchtig. Sie musste geahnt haben, dass Carsten Ingo letztendlich nicht ans Bein pinkeln würde. Selbst wenn sie nichts von der Finanzspritze für die Wagners wusste. Aber in dem Alter war einem klar, dass Erwachsene immer zusammenhielten.

Mias Handy klingelte.

Mama ruft an.

»Ja?«

»Mia? Um Himmels willen, wo steckst du? Dein Vater wird von der Polizei vernommen!« Simone Wagners Stimme überschlug sich. »Sie werfen ihm vor, an Daphnes Tod schuld zu sein. Und an Monikas.«

»Was?«

»Er war mit dem Auto weg. Unterwegs hat ihn ein Kriminalbeamter abgepasst und in die Polizeidirektion gebeten. Wie sollte er sich da widersetzen, ohne Verdacht auf sich zu lenken?«

Mia lehnte sich gegen das Geländer. Wolken trieben von Westen heran und schoben sich über die Sonne. Mit einem Mal sah sie die Gebäude am jenseitigen Ufer deutlicher. Auch das Wasser des Kanals schien ihr weniger trüb. Es fühlte sich an, als könnte sie bis auf den Grund schauen.

»Was für einen Verdacht?«

Letztlich brauchte sie nicht mehr fragen.

Als Simone mit der Antwort zögerte, sagte Mia:

»Er hat Daphne getötet, nicht wahr?«

»Bist du verrückt?«

»Er war es. Papa. Er ist Daphne nachgefahren. Er wollte sie beruhigen. Sie war wütend wegen Ingo. Weil er sie begrapscht hatte. Und weil er Jakob immer wieder verprügelte.«

»Das ist doch ...«

»Du wusstest es, Mama. Lüg mich nicht an. Papa hat es dir 100-prozentig gesagt. Er ist nicht der Typ, der so etwas für sich behalten kann.«

Mia hörte ihre Mutter schluchzen.

»Es war ein Unfall. Er hatte nicht die Absicht, Daphne zu töten. Er bat sie, ins Auto zu steigen. Wollte bloß mit ihr reden. Sie weigerte sich. Er insistierte. Es kam zu einem Gerangel. Sie stürzte und fiel mit dem Hinterkopf auf einen Stein. Brach sich das Genick. Glaub es oder nicht, ich habe erst viele Jahre später davon erfahren. Dein Vater kann ein harter Knochen sein. Er wagte nicht, mich einzuweihen, solange die Polizei immer wieder bei uns aufschlug. Was ich nicht wusste, konnte mir nicht rausrutschen.«

»Du nennst das einen Unfall?« Fassungslos schüttelte Mia den Kopf. »Und was hat er mit Daphnes Leiche gemacht?«

»Er setzte Daphne ins Auto und fuhr sie in den Wald. Also ... die tote Daphne. Mitsamt ihrem Fahrrad. Und ... wir einigten uns später, dass wir sagen würden, Ingo wäre gefahren. Ingo schlug das selbst vor. Mia, wir anderen wussten nicht, dass Daphne tot war! Ich habe doch erst später ... Dein Vater hat Ingo noch in der Nacht eingeweiht, und die beiden fuhren sehr früh am folgenden Morgen in den Wald, um ... also, sie entsorgten ...«

Sag mir nichts, dachte Mia kalt. Ich habe mir auch so schon gedacht, was in dem Müllsack war, den Ingo mit aller Kraftanstrengung in die Mülltonne hievte. Von Daphne gibt es also nicht einmal eine Leiche. Nichts zum Beerdigen.

»Die Gegenleistung bestand darin, dass Papa auf keinen Fall über die Schläge reden würde. Ingo wollte nicht das Jugendamt am Hals haben.«

»Hat Monika das rausgefunden?«, fragte Mia.

»Ach, i wo! Wie hätte sie das denn anstellen sollen?«

»Ich weiß es ja jetzt auch.«

»Mein Gott, Mia!« Simone schien sich wieder zu fassen. »Es hätte Daphne doch nicht lebendig gemacht, wenn wir deinen Vater ans Messer geliefert hätten.«

Mia legte auf.

45.

Die Nacht hatte sich über die Stadt gesenkt. Wolken trieben über den Himmel. Ein wenig Mondlicht sickerte ab und zu hindurch.

»Als ob jemand den Mond an- und abschaltet«, sagte Mia leise.

»Stimmt.« André reichte ihr ein Sandwich. »Hier. Das hätte mein Mittagessen sein sollen.« Er biss in ein zweites Brot.

»Danke.«

»Ich wollte eigentlich noch ein Osterbrot backen. Habe ich heute leider nicht auf die Reihe gekriegt.«

»Hm.«

»Und Eier habe ich auch nicht gefärbt. ›Das weiß ein jeder, wer's auch sei, gesund und stärkend ist das Ei.‹ Sagt Wilhelm Busch.«

Mia bemühte sich um ein leises Lachen. Anerkennung für einen schwachen Scherz. Doch André schien nun selbst ins Grübeln zu verfallen. Mia lauschte ihrem eigenen Atem. Sie fühlte sich erstaunlich ruhig.

Still saßen sie nebeneinander im Auto.

»Bald müssen doch die Glocken läuten«, sagte Mia schließlich.

»Manche Kirchen sind früher dran, manche später. Wir werden das Läuten bestimmt nicht verpassen.« Er hatte den Wagen am oberen Ende der Altenburger Straße geparkt, da, wo die Bäume endeten und der Blick über die Wiesen und die Stadt bis zu den Hügelketten des Jura wandern konnte.

»Danke, dass du Zeit hattest. Ich hätte nicht gewusst, wie …«

»Kein Ding.« André berührte kurz ihre Schulter. »Wir helfen einander. Egal, wie und was.«

»Ja.«

»Was macht denn dein Freund?«

»Du meinst Lars? Er ist nicht mein Freund.«

Er ist lediglich der Mann, mit dessen Hilfe ich deine Freundschaft missbraucht habe, um in deiner Wohnung herumzuschnüffeln. Der das Schlafzimmerfenster öffnete, damit wir rausklettern konnten, als wir deine Stimme im Hausflur hörten, und es von außen wieder zudrückte, bevor wir an den Mülltonnen vorbei in den nächsten Innenhof türmten.

Mia fragte sich zum 100. Mal, ob André etwas davon mitbekommen hatte. Ihm musste schließlich aufgefallen sein, dass der Fenstergriff auf »auf« stand.

»Sondern?«

»Ich weiß, ehrlich gesagt, nicht, was ich von ihm halten soll. Er ist ja ganz nett, aber …«

Ich weiß nicht, ob etwas aus uns werden kann. Vielleicht ja, vielleicht nein.

»Nicht deine Preisklasse?«

»So würde ich das nicht sehen. Er ist eigentlich Psychologe und arbeitet als Entrümpler.«

Und macht mir die Hölle heiß, weil ich beruflich den Arsch nicht hochkriege. Weil ich mich angeblich vor irgendwas verstecke. Er tut wahrscheinlich dasselbe, gibt es nur nicht zu.

André grinste. Er reichte Mia eine Thermoskanne. »Kaffee?«

»Gern.«

Sie goss sich einen Becher voll. »Ich frage mich, was meine Mutter jetzt macht.«

»Besuch sie doch morgen.«

»Klar. Aber ein fröhliches Osterfrühstück, wie geplant, wird das nicht.«

Eine Weile saßen sie schweigend. Mia blickte auf die Stadt, die von hier aussah wie ein romantisches Spielzeugland.

»Carsten hat alles zugegeben?«, fragte André.

»In der Vernehmung ist er zusammengebrochen. Nach so vielen Jahren musste er wahrscheinlich den Ballast endlich loswerden.«

André schüttelte den Kopf. »Ich wusste das nicht. Du musst mir glauben. Dass er Daphne ...«

»Ihr habt euch abgesprochen. Und euch alle an diese Version gehalten. Dass Ingo Daphne heimgefahren hätte.«

»Ingo rief am Sonntagabend nach der Fete bei uns an. Ich hatte gleich ein schlechtes Gewissen, denn eigentlich hätten wir ihn anrufen sollen, Monika oder ich. Uns bedanken für die Feier und so.«

»Er rief euch an?«

»Machte es dringend. Daphne wäre verschwunden. Ihre Eltern hätten keine Ahnung, wo sie ihre Tochter noch suchen sollten. Es ging hin und her. Ingo wollte unbedingt, dass wir nicht sagen, dass Carsten Daphne erst nachgefahren war, nachdem sie sich schon auf den Weg gemacht hatte. Er unterbreitete uns die neue Version: Er habe Daphne heimgefahren und fertig. Ich habe das alles nicht so ganz durchschaut, ihm jedoch versprochen, dass Monika und ich uns an die Vorgabe halten würden.«

»Und all die Jahre habt ihr das gemacht.«

André zuckte die Achseln. »Sobald wir diese Variante zu Protokoll gegeben hatten, durften wir nicht mehr umfallen. Sonst wären wir alle verdächtig gewesen.«

»Ingo und mein Vater haben Daphnes Leiche beseitigt. Ich habe Ingo gesehen, als er am Morgen nach Hause kam. Und einen Müllsack in die Tonne stopfte. Da drin muss … müssen Leichenteile gewesen sein.«

»Man mag sich das gar nicht vorstellen.«

»Mein Vater und Ingo sind beide in Untersuchungshaft.« Mia stöhnte leise auf.

André schwieg eine Weile. Ein Mann wanderte gemächlich den steilen Berg hinauf und blieb knapp unter ihrem Wagen stehen, um den Blick über die Stadt zu genießen.

»Ich glaubte Carsten, dass er Daphne heimgebracht hatte, Mia. Ich hatte keinen Grund, etwas anderes anzunehmen.«

»Es dauerte so lange, bis er zu euch zurückkam, weil er die Leiche erst im Wald ablegen musste. Später hat er Ingo ins Vertrauen gezogen, und sie sind gemeinsam los. Um die sterblichen Überreste zu beseitigen.« Sie reichte André den Becher.

Er goss Kaffee ein.

»Ich erlaube mir kein Urteil. Wenn Daphne wirklich stürzte und das Ganze ein Unfall war …«

»Ja. Wenn.«

»Dein Vater hatte doch keinen Grund, sie zu töten.«

»Nein. Wahrscheinlich nicht. Aber er hätte doch nicht einfach … Daphne beseitigen dürfen.« Mia dachte an Kilian Fiederer und seine Depressionen. An Lisa Fiederer, die ihre Hoffnungen, dass Daphne wieder auftauchen würde, begraben hatte, um wieder ein Leben zu haben. »Ehrlich, ich bin tief enttäuscht, dass ihr mich alle angelogen habt.«

André neben ihr verspannte sich. »Nun mach mal einen Punkt. Du warst 14 damals! Alle Eltern würden ihr Kind aus so einer Sache heraushalten. Was ich mich allerdings frage: Hat Monika dasselbe herausgefunden?«

»Vielleicht.«

»Insofern war doch sowohl Ingo als auch Carsten daran gelegen, diese Erkenntnis unter dem Deckel zu halten. Oder?«

Sie spürte seinen Blick auf sich.

Lauernd. Seine stille Forderung: Sag was. Sag Ja.

Mia schwieg.

»Ich meine, Carsten hätte sowieso verloren. Ingo hat sich doch nur angeboten anzugeben, dass er Daphne gefahren hätte, weil er damit deinen Vater in der Hand hatte. Der durfte im Gegenzug nichts über die Schläge sagen. Sonst hätte Ingo auch nicht mehr dichtgehalten und Daphnes Tod deinem Vater angelastet.«

»Das kann er jetzt auch noch tun. Im Vergleich mit einem Tötungsdelikt sind Misshandlungen ein bisschen tiefer in der Strafbemessung angesiedelt. Vielleicht sogar verjährt.« In Mias Ohren hallte noch Eyrichs Stimme, als er ihr die juristischen Feinheiten auseinandersetzte. »Allerdings ging es nicht einfach um Ohrfeigen. An jenem Abend, als ihr zum Feiern bei den Hofstetters wart, trank der kleine Jakob eine Sektneige aus. Er war sozusagen betrunken! Machte Rabatz, Ingo war genervt, Jakob kletterte auf einen Barhocker, schmiss irgendwas um, Ingo riss endgültig der Geduldsfaden, schlug ihn, Jakob kippte vom Hocker. Er fiel so dumm auf die Seite, dass er benommen liegen blieb.«

»Woher weißt du das?«

»Mein Vater hat ausgepackt. Kommissar Eyrich hat es mir erzählt.«

»Und dann?«

»Ingo kriegte Panik und bat Papa, das Kind zu untersuchen. Immerhin, er ist Zahnarzt! Besser als gar kein Arzt, oder?« Mia lachte bitter.

Der Mann vor ihnen machte sich langsam an den Abstieg zurück in die Stadt.

»Der wartet das Osterläuten nicht ab«, stellte André fest. »War Jakob schwer verletzt?«

»Papa hatte Bedenken, er könnte innere Verletzungen haben, aber die Benommenheit klang ab, und er schlief ganz friedlich ein, war auch nicht auffallend blass oder so.«

»Daphne hat mitbekommen, dass die beiden Männer ein Komplott geschmiedet haben. Das hat sie aus der Fassung gebracht.«

»Ja, deshalb hat sie meinen Vater nachher angeschrien, als er sie an der Landstraße ins Auto bat. Sie war total aufgewühlt und zornig.«

André seufzte. »Es ist schlimm, dass man erfahren muss, wie man jahrelang von seinen Freunden angelogen wurde. Ich habe deinen Eltern immer vertraut. Und wenn ich jetzt denke, Monika hat das alles vielleicht herausgefunden und musste sterben, weil … Meinst du, Ingo oder Carsten haben Monika … Womöglich nach demselben Muster?«

»Nein, sie streiten es beide kategorisch ab.«

André schlug auf das Armaturenbrett. »Diese verdammte Lügerei!«

»Du warst auch nicht ganz ehrlich.«

Sein Alibi – es war nichts wert. Am späten Abend hatte das Restaurant längst zu, und die Angestellten waren nach Hause gegangen. Er hatte genug Zeit heimzufahren, Monika umzubringen, die Wagners aufzuscheuchen und später die Leiche wegzubringen. In Monikas Wagen. Wusste der Himmel, wie er von dem Wanderparkplatz weggekommen war. Vielleicht hatte er ein Fahrrad mitgenommen.

Einen Augenblick war es still im Auto.

»Was meinst du damit?« Er stellte den Kaffeebecher in der Mittelkonsole ab.

»Du wusstest, dass Monika Affären hatte.«

»Was?« Er schüttelte den Kopf. »Du spinnst.«

»Nein. Du wusstest es. Und es hat dich zur Weißglut gebracht. Dass sie mit Kollegen und anderen Zufallsbekanntschaften Sex hatte.« Mia sah ihn an. »So war es doch, André, oder?«

Sag, dass du es nicht getan hast. Sag es.

»Das ist Unsinn. Monika hätte nie ...«

»Ihr habt immer das Traumpaar gegeben. Aber Monika war nicht der häusliche Kuscheltyp. Sie wollte sich amüsieren. Was erleben. Ihr war langweilig.«

»Ihr war nicht langweilig mit mir. Was für ein Quatsch. Mia, hat deine Mutter dir diesen Bären aufgebunden? Sie wäre diejenige, die ...«

»Nein. Das ist Unsinn, André.« Mia tastete nach der Türschnalle. »Du hast Monikas Lebenswandel nicht ertragen und dir eine Welt zurechtgelegt, in der nicht Monika die Untreue war, sondern meine Mutter.« Sie stieß die Tür auf. »Ich muss das erst alles für mich klarkriegen. Ich gehe zu Fuß nach Hause.« Sie stieg aus.

Die frische Luft tat gut. Obwohl sich der Wind kalt anfühlte, ließ sie die Jacke offen. Der Blick auf die Stadt war wirklich atemberaubend. Die beleuchteten Kirchen strahlten als gelbe Lichtpunkte in die Nacht. Alles lag ruhig da, erwartungsvoll. Etwas Spektakuläres würde geschehen. Ostern eben. Hoffnung statt Verzweiflung. Leben statt Tod.

»Mia, warte!«

Auch André stieg aus. Kam zu ihr.

»Was hast du dir da nur zusammenfantasiert?«

Sie fuhr herum. Sah ihm direkt in die Augen. Es kam nicht mehr darauf an.

»Ich habe einen gewissen Reimund Dusek getroffen. Sagt dir der Name was? Arbeitskollege von Monika und ihr Gspusi.«

»Blödsinn!«

André trat nahe an sie heran.

»Hör auf, so einen Scheiß zu verbreiten.« Er baute sich vor Mia auf.

»Ich glaube, *du* hast Monika in jener Nacht umgebracht. Sie war nicht zu Hause, weil sie mit einem Liebhaber unterwegs war, und als sie endlich kam, hast du sie um eine Aussprache gebeten. Die tödlich endete. Erst danach bist du zu uns gekommen und hast meinen Eltern vorgeheult, dass du deine Frau vermisst.«

André erstarrte. Mia wich vor ihm zurück. Plötzlich fror sie.

»Hast du den Brief geschrieben? Dass ich mich nicht in alte Geschichten einmischen soll? Wolltest du mir Angst einjagen?«

»Du hast sie ja nicht mehr alle.« Er machte ein paar Schritte auf sie zu. Sie taumelte rückwärts.

Das nächste Haus an der Straße lag vielleicht 50, 100 Meter entfernt. Niemand war mehr unterwegs. Die

Straße führte zur Altenburg hoch durch den Wald, keine Menschenseele würde hier des Nachts einen Spaziergang machen.

»Du hast Monika umgebracht, André«, flüsterte Mia. »Du.«

46.

Mia rannte. Ihre Füße hämmerten auf den Asphalt.

Er kam ihr nach. Er war nicht so fit wie sie, besaß aber eindeutig die längeren Beine. Mia hielt nach rechts, überquerte den menschenleeren Parkplatz. Nur eine einzige Laterne verstreute ihr gelbliches Licht, das ab und zu flackernd erlosch, um kurz darauf wieder aufzuleuchten. Sie lief in den Wald.

Hatte André ihren Kurswechsel mitbekommen? Der Waldweg war uneben und matschig, voller Wurzeln. Wenn sie stürzte, wäre das ihr Todesurteil. Er würde sie erwischen, töten, ihre Leiche zerteilen, und vielleicht, in vielen Jahren, würde man etwas von ihr finden.

Stockfinster stülpte sich die Nacht über sie. Sie hörte seinen Atem hinter sich.

»Mia! Warte doch!« Seine Stimme, tödlich nah.

Alles, nur das nicht. Der Weg machte eine Biegung. Zweige schlugen ihr ins Gesicht. Sie duckte sich. Weiter!

»Mia!«

Er besaß mehr Kondition, als sie gedacht hatte. Mia strauchelte. Fing sich. Rannte.

Er hatte seine eigene Frau umgebracht. Aus Eifersucht oder aus Verzweiflung? Weil sie niemals nur ihm gehören würde.

Andere Menschen trennten sich in so einem Fall von einem Partner. Er nicht. Er war voller Liebe, die sich in dem einen Moment umkehrte und in Hass mündete.

Hinter sich hörte sie einen Schmerzensschrei. Der Wald lichtete sich. Ausgerechnet jetzt gaben die Wolken den Mond frei. Silbern schien er auf die Lichtung, zwei Bänke standen da, eine morsche Holzfigur. Rechts lag der steile Hang, der rettende Weg zurück in die Stadt. Quer über die Wiese, Mia lief, stolperte, stürzte, rollte sich ab, stechender Schmerz im Knie, sie kullerte zehn, 20 Meter die Steigung hinunter. Rappelte sich auf. Das Knie!

Er war da. Irgendwo, nahe. Sie konnte seine Anwesenheit spüren. Monika hatte ihm vertraut, nichts Böses ahnend war sie mit ihm in den Wald gefahren, wo er sie umgebracht hatte. Oder er hatte sie woanders umgebracht und später die Leiche in den Wald gebracht. Um ihr den Kopf und die Gliedmaßen abzuschneiden. Wollte er die Leiche stückweise entsorgen? Oder einfach verteilen? Warum war ihm der Schädel abhandengekommen?

Wirklich ein Tier? Mia flog beinahe über die Wiese, bis sie wieder einen Weg erreichte.

Kein Mond mehr, alles still und dunkel. Keine Schritte hinter ihr. Sie keuchte, fiel in einen langsamen Trab. Wo war er? Er durfte nicht aufgeben. Nicht jetzt. Wo es um alles für ihn ging.

Mias Lungen schmerzten. Der Weg war steinig, auf dem Kies geriet sie ins Rutschen, rechts gurgelte ein Bach.

Und weit unten, in der Stadt, begann eine Glocke zu läuten.

Eine Hand berührte sie an der Schulter.

»Warte!«

Sie roch seinen säuerlichen Atem, hörte, wie er nach Luft rang. Sein Griff war fest, die Finger krallten sich in ihre Jacke.

»Nein!« Sie riss sich los. Rannte. Das schmerzende Knie gab kurz nach. Sie lief, nicht hier sterben, in der Einsamkeit des Stadtrandes. Irgendwo mussten doch Häuser sein, ahnte sie nicht schon Licht zwischen den Bäumen? In der Osternacht wurde nicht gestorben, da ging es um das Gegenteil, ob man dran glaubte oder nicht.

»Jetzt warte doch!« Irgendwie musste er Kraft gesammelt haben, kam wieder näher. Griff nach ihrer Jacke. Sie ließ die Jacke von den Schultern gleiten, nutzte den Moment der Überraschung, als er stehen blieb, verblüfft. Ein Vorsprung, knapp.

»Lass mich!«, schrie sie. Unnötigerweise, sie brauchte all ihren Atem, aber sie schrie um Hilfe, hörte ihre eigene Stimme, dann seine, seine Schritte auf dem Kies, sie rutschte aus, fing sich, rannte.

Links ein Haus, dunkel, das Einfahrtstor fest verschlossen, nirgends ein Auto. Ein Schild stand da. »Teufelsgraben«. Die Hausnummer war verblasst. Der gurgelnde Bach und die weit entfernte Glocke waren die einzigen Geräusche dieser Nacht. Und Andrés Schritte hinter ihr.

Sie würde es nicht schaffen. Er hatte zu viel zu verlieren. Er würde nicht lockerlassen. Er hatte Kraft. Mehr als sie. Er würde sie einholen.

Ich habe auch was zu verlieren! Mein Leben!

Weitere Glocken stimmten ein. Der Wind trieb den Klang den Hang hinauf.

Sie lief, und dann sah sie ein Haus, aus dem helles Licht in die Nacht fiel, Leute plauderten vor einem Gartentor, ein Wagen stand da, mit Standlicht. Der Motor lief.

Mia beschleunigte.

ENDE